COTTA'S BIBLIOTHEK DER MODERNE

96

JULES RENARD
DIE MAGD RAGOTTE

Aus dem Französischen
übersetzt von
Alain Claude Sulzer
Cotta's Bibliothek
der Moderne

INHALT

I
RAGOTTES GEWOHNHEITEN

Sie ist so natürlich, daß sie zunächst etwas einfältig wirkt. Man muß sie lange betrachten, um sie zu sehen.

In der Schule

Sie ist acht Monate lang zur Schule gegangen, bei Darneau, dem alten Brummbär.

Es kostete dreißig Sous im Monat, und im Winter brachte jeder Schüler morgens sein Scheit Holz mit.

Es gab zwei Parteien in der Klasse: die, die schreiben lernten, und jene, die nicht schreiben lernten. Ihre Schwestern hatten Zeit zu lernen. Da sie die Älteste war, mußte sie ihrer Mutter sofort im Haushalt zur Hand gehen, und sie hat nichts gelernt.

Sie kennt den Buchstaben P, den Buchstaben J und den Buchstaben L, weil diese Buchstaben ihr dazu dienten, die Wäsche ihrer Kleinen zu kennzeichnen, die Paul, Joseph und Lucienne heißen. Sie erkennt auch die Zahl 5, man weiß nicht, warum.

Sie kann Kleingeld nur auf zehn Sous herausgeben. Wenn man ihr beispielsweise für einen Sou Milch abkauft, ist sie neun Sous schuldig. Ab zehn Sous gerät sie in Schwierigkeiten, und sie sagt lieber:

»Zahlen Sie es mir ein anderes Mal.«

Sie kommt gut ohne Schreiben zurecht, aber sie bedauert noch immer, nicht lesen zu können. Man kann ihr einen Brief noch so langsam vorlesen, sie ist mißtrauisch. Wenn sie könnte, würde sie den Brief in aller Ruhe lesen, ganz alleine, im Verborgenen, mehrmals.

»Ich bin sechzig Jahre alt, Madame«, sagt sie zu Gloriette, »es ist zu spät; wenn ich zwanzig Jahre jünger wäre, würde ich Sie um etwas bitten, ich würde Sie bitten, mir das Lesen beizubringen.«

Sie beobachtet das über seinen Schreibtisch gebeugte junge Fräulein.

»Ich komme nachsehen«, sagt sie, »ob Sie beim Schreiben keine Fehler machen.«

Und geistreich, die Schultern hochziehend, fügt sie, über sich selbst spottend, hinzu:

»Ich muß es doch wissen ...«

Wenn Philippe, ihr Mann, in die Lektüre des *Petit Parisien* vertieft ist, hat sie Lust, ihm die Zeitung aus den Händen zu reißen und sie ins Feuer zu werfen.

»Was findet er denn so Besonderes darin?«

Wenn sie einen an sich adressierten Brief erhält, was beinahe nie geschieht, bringt sie ihn zu Philippe.

»Oh, mein Gott«, sagt sie verwirrt, »beeil dich!«

»Du hast doch wohl Zeit«, antwortet Philippe.

»Hör zu«, sagt Ragotte, »erst wirst du ihn mir ein erstes Mal vorlesen, schnell, damit ich weiß, ob es eine gute oder eine schlechte Nachricht ist. Dann liest du ihn mir ein zweites Mal vor, ohne dich zu beeilen, damit ich völlig verstehe, was sie von mir wollen.«

Sie weiß noch nicht, daß die Briefmarke für Briefe zwei Sous kostet.

So erklärt sie, was ein Büroangestellter tut: »Den ganzen Tag«, sagt sie, »schreibt er in einem Zimmer.«

Verdingt

Mit zwölf Jahren war sie schon ihr eigener Herr, das heißt zu Diensten anderer, bei einer bemittelten alten Dame, die aber so geizig war, daß sie sich kein Dienstmädchen leisten konnte.

Bei Ragottes Ankunft sagten sich die Nachbarinnen:

»Die Kleine ist munter! Bald wird sie nicht mehr so gut aussehen!«

Die alte Dame kochte ihre Suppe selbst, damit nicht zuviel Brot hineingelangte.

»Wenn man nicht viel arbeitet«, sagte sie, »braucht man nicht viel zu essen.«

Niemals blieb man auf. Winters wie sommers mußte man sich bei Einbruch der Nacht schlafen legen und durfte keine Kerzen verbrauchen.

Sobald die Alte schlief, nahm Ragotte das Brot aus dem Kasten und schnitt sich eine dünne Scheibe von der Länge des ganzen Laibs ab. Sie aß unter ihren Laken, geräuschlos, auf die Gefahr hin, zu ersticken, und freudlos, weil morgen die Alte gewiß etwas bemerken würde.

Die Alte bemerkte gar nichts, und Ragotte, froh darüber, ein paar Sous zu verdienen, die sie ihrer Mutter geben mußte, beklagte sich nicht.

Aus Stolz, wegen der Nachbarinnen, holte ihre Mutter, die sah, wie sie abmagerte, sie nach drei Monaten zurück.

Sie sagt über alles, was ihrer Geburt vorangegangen ist: »Damals war ich noch nicht gemacht.«

»Wenn mein Vater wütend wurde, sagte er zu mir: ›Wenn du nicht zufrieden bist, verschwinde, wo die Maurer offen ließen.‹«

»Was meinte er damit?«

»Durch die Tür!«

Verheiratet

»Es war nicht wegen meiner Schönheit«, sagt Ragotte, »es war auch nicht wegen meines Vermögens, aber als es Zeit war, daß ich heiratete, waren fünf hinter mir her! Der erste hat mir drei Jahre lang den Hof gemacht. Als er es leid war, auf mich zu warten, hat er sich mit einer anderen vermählt; und als er Witwer war, hat er wieder um meine Hand angehalten. Ich wollte nicht. Wenn er mir zu nah kam, war es mir unangenehm. Er sagte zu mir:

›Wenn Eure Ehe mit Philippe fehlschlägt, gebt mir seinen Platz, und ich werde ihm sämtliche Ausgaben erstatten.‹

Philippe war mir lieber.«

»Bereuen Sie nichts?«

»Ach nein«, sagt sie nach kurzem Zögern, weil Philippe da ist.

»Wenn ich denke«, sagte Ragotte denn doch, »daß ich zwischen fünf Jungens wählen konnte, und daß ich den häßlichsten gewählt habe.«

»Wenn ich denke«, sagt Philippe, »daß ich drei Mädchen kannte und daß ich die älteste genommen habe.«

»Und schlau war's nicht von dir«, antwortet Ragotte, »wenn ich ein Mann gewesen wäre, hätte ich nie eine Frau haben wollen, die älter ist als ich.«

»Schauen Sie ihn sich an«, sagt sie, »er sieht nicht mehr gut.«

Denn tatsächlich kneift er die Augen zusammen und kriegt sie vor Lachen fast nicht mehr auf.

Sie hat in Holzschuhen geheiratet; sie hatte neue Schuhe gekauft, aber aus Angst, sie schmutzig zu machen, wollte sie sie erst beim Betreten der Kirche anziehen. Unter dem Portal angekommen, sieht sie, daß ihre Mutter, die die Schuhe bringen sollte, sie nicht bei sich hat.

»Und meine Schuhe, Mama?«

»Ach, mein Kleines, ich hab' sie vergessen; sie sind unterm Schrank, mein Kind.«

So mußte sie bis zum Chor in Holzschuhen gehen, die sie so leise wie nur möglich auf den Steinfliesen klappern ließ.

»War in der ersten Nacht alles, wie es sein sollte?«

»Oh ja«, sagt Ragotte, »Philippe hatte ein sehr sauberes Hemd an.«

Sie war noch so jungmädchenhaft, daß sie sich nicht zurückhalten konnte, gleich mit den Dorfmädchen zusammenzuglucken. Sie unterbrach sich erst, als eine der Nachbarinnen ihrer Freundinnen ihr zurief:

»Vorsicht, da kommt dein Mann!«

Als Jungvermählte bewohnte sie dasselbe Haus, das heißt

dasselbe Zimmer wie ihr Schwiegervater. Das war erst störend, als sie niederkam; aber der Schwiegervater verließ taktvoll das Zimmer. Und dann dauerte es bei Ragotte nicht lange. Niemand brauchte weniger Zeit als sie.

»Mein Schwiegervater sprach nicht mit mir. Philippe glaubte, er sei meinetwegen zugeknöpft, und nahm es mir übel. Er mochte seinen Vater sehr. Ich mochte ihn auch, den alten Knaben, aber sanft war ich nicht, und ich verstand mich nicht zur Genüge aufs Schöntun.«

Liebe

Sie liebt Philippe, wie aber soll sie sich zu sagen getrauen, daß sie ihn von ganzem Herzen liebt?

Welchen Namen kann ich dem Gefühl geben, das sie verbunden hält?

Sie liebt ihn: das bedeutet, daß sie ihn allen anderen vorzieht. Sie hat ihre Mutter verloren, Philippe blieb ihr. Sie verliert ihren kleinen Joseph, Philippe bleibt. Ihre anderen Kinder können sterben; solange Philippe lebt, wird sie nicht untröstlich sein.

Sie sagt: »Wenn ich ihn nur habe«, wie sie sagen würde: »Solange man Brot hat, verhungert man nicht.«

Sie könnte auf alles verzichten außer auf Philippe, und aus diesem Grund nennt sie ihn, ohne sich den Kopf darüber zu zerbrechen: mein Prinzipal.

Treuherzig nennt Philippe sie: das alte Mädchen.

»Heute«, sagt sie, »läßt er sich lieber von seinem Hund abschlecken als von mir; bloß soll er nachher nicht sein

Gesicht an meines drücken, ich hab' es nicht nötig, daß er mir die Liebesbezeigungen des Hundes weitergibt.«

»Ich würde ihn aus hundert Schweinen herauskennen, wegen seiner Nase.«

Philippe hat eine leicht verformte Nase.

Eheleben

»Ich war auch einmal ehrgeizig, Madame Gloriette! Lange Zeit wollte ich, daß meine Kleinen Strümpfe tragen. Alle drei besaßen jedes ein Paar. Ich wusch sie am Abend, damit sie nachts trocknen konnten, und legte sie über die Feuerböcke. Eines Morgens waren die Strümpfe von Grillen aufgefressen. An diesem Tag wurde mir klar, daß meine Kleinen ebensogut barfuß gehen konnten.«

»Wenn ein Kleines auf seinem Hintern einmal sitzenbleiben kann, beweist das, daß sein Arsch nicht allzu rund ist.«

Philippe gibt ihr niemals Geld. Er lebt sein Leben, sie lebt ihres. Weit entfernt, sich zu beklagen, tadelt sie gewisse Frauen:

»Es gibt welche«, sagt sie, »die über dem Geldbeutel Wache halten und ihren Männern bloß Geldstück für Geldstück überlassen. Das könnte ich nicht.«

Indes denkt sie, daß die Frau allenfalls auf Kosten des Mannes leben kann und sogar der Mann auf Kosten seiner Frau; sie sind Gefährten und Kameraden! Aber Vater und Mutter dürfen nicht ihren Kindern auf der Tasche liegen. Sobald sie, ob von ihrem Prinzipal unterstützt oder nicht, ihr eigenes Leben nicht mehr leben kann, will sie sterben.

»Wenn es in der Ehe auf den einen regnet«, sagt sie, »sitzt der andere im Warmen.«

Was besagt, daß, wenn einer Geld verdient, der andere daraus Nutzen ziehen soll.

Sie gibt keine zehn Francs im Jahr für ihr Äußeres aus, und in den alten Hosen, die man Philippe gibt und die er aufträgt, findet sie noch gute Stellen, aus denen sie sich ganz neue Hausschuhe macht.

Hosen für Frauen sind ihre Sache nicht; frei bewegt man sich nur, wenn die Schenkel einander berühren.

Stets geht sie sauber, anständig und schlicht gekleidet, und es muß schon sehr warm sein, bevor sie die Bänder ihrer weißen Haube löst und zurückschlägt. Das ist fast schon Liederlichkeit.

Was ihr geschmeichelt hat, als sie sich eines Tages einen kurzen Mantel für eine Hochzeit kaufte, war, daß der Kleiderhändler Tapin, als er ihr die erstbeste Jacke über die Schultern legte, zu ihr sagte:

»Ihnen steht alles gut.«

Als Tapin eine Korsage aus Baumwollsatin in den glühendsten Farben pries:

»Oh, nein, nein«, sagte sie, »das ist zu bombastisch für mich!«

»Wenn ein Mann krank ist, kann er im Bett bleiben, eine Frau nicht. Eine Frau hat nie Zeit, auf sich zu achten.«

»Eine Frau muß weniger essen als ein Mann.«

Früher mischte man Kartoffeln ins Brotmehl. Ragotte hat von diesem Brot gegessen und verzieht das Gesicht bei der Erinnerung an das kalte Stück Kartoffel, das man plötzlich zwischen den Zähnen spürte.

Sie hat lange gebraucht, um sich an Monsieurs Brot zu gewöhnen, es ist Weißbrot. Sie mag weiterhin das hausgemachte Brot, und manchmal machen sie und ihre Kusine, die noch selber bäckt, Tauschgeschäfte, die dem Geschmack der einen wie der anderen entsprechen.

Sie ist heute morgen zum Stadtmarkt gegangen und sagt:

»Früher gab es einen Metzger; heute gibt es fünf! Die Menschen werden zu Fleischfressern.«

»Früher mußte man bis in die Stadt laufen, um für zwei Sous Salz zu kaufen. Man traf seine Vorkehrungen sonntags. Heutzutage bringen sie einem für Geld alles nach Hause.«

»Essen! Ist es nicht komisch, daß alle Leute sich zur gleichen Zeit in den Häusern einsperren, um alle dasselbe zu tun!«

Philippe, Ragotte, Paul essen an einem kleinen Tisch, auf dem lediglich die große gemeinsame Schüssel Platz hat.

»Ihnen geht es gut hier«, sagt Gloriette, »so dicht beieinander.«

»Ja, Madame«, antwortet Ragotte, »einer macht dem andern Appetit.«

»Du, willst du Brot?« fragt Philippe sie.
»Ohne Brot kann ich nicht essen.«
»Woher soll ich das wissen?«

Geschickt im ordentlichen und sauberen Löffeln der Suppe, mag sie schlecht abgewischte Tische nicht.

»Sind Sie mit Ihrer Suppe schon fertig, Ragotte?«
»Ach, Madame, wenn man sie mit vollem Löffel in Angriff nimmt, geht es schnell.«

»Hübsch sauber, Philippe, so ein Wachstuch wie das von Madame. Ein großes bräuchten wir nicht auf unserem kleinen Tisch! Falls du eines Tages in der Stadt mal ein Stückchen siehst . . .?«
»Iß jetzt!« sagt Philippe.

Ihr wird nicht recht warm, wenn sie das Feuer nicht sieht; sie liebt die schönen Holzfeuer, deren lodernde Glut siedende Tränen weint; sie findet aber, daß nichts das hübsche Feuer eines Paars Holzschuhe aufwiegt, die sie getragen hat, die sie verbrennt, wenn man sie nicht mehr tragen kann, und die sie, ganz verträumt, in Flammen aufgehen sieht.

Der Klang des Jagdhorns bewegt sie so sehr, daß sie sich zu Philippe zu sagen getraut:
»Warum hast du nie so flöten gelernt?«

In der Küche hatte ein übriggebliebenes Stück Kuchen gelegen.
»Haben Sie den Kuchen aufgegessen?« fragt Gloriette.

»Nein, Madame, ich habe nur Geschirr abgewaschen.«

Sie sagt zu Gloriette, die den Rinderbraten überwacht:
»Ihr Essen riecht so gut, daß es mir genügen würde, trocken Brot daneben zu essen.«

»Haben Sie von Ihrer Konfitüre probiert?«
»Oh nein, Madame.«
»Worauf warten Sie?«
»Ganz allein wäre es mir peinlich; vielleicht leistet mir jemand Gesellschaft.«

Manchmal schenkt ihr die Metzgersfrau, deren eines Kind sie aufgezogen hat, ein Stück Fleisch. Diese Großzügigkeit bereitet Ragotte mehr Ungelegenheiten als Freude. Sie zeigt Gloriette das Fleisch:
»Hier Madame, ein hübscher Imbiß! Aber ich weiß nicht, wie man es zubereitet; werden Sie es mir erklären?«

Ein Jammer, keine Dame zu sein! Sie würde jeden Tag Schokoladencreme essen.

»Ein Nichts reicht mir zum Essen, aber wenn ich was Feines habe, ergeht es mir wie den andern.
Während des ganzen Tages und des ganzen Lebens«, sagt sie, »arbeitet man nur fürs Maul.«

Der Schaukelstuhl

Philippe, der hockend die Gartenzwiebeln von Unkraut befreit, kriegt einen Erdklumpen ab. Erst weiß er nicht, woher der auf seinen Rücken geflogen kommt, aber er entdeckt Ragotte im Schaukelstuhl. Sie lächelt ihm zärtlich zu.

»Schau, wie ich mich schaukle«, sagt sie.

Philippe zuckt mit den Schultern.

Zu Unrecht.

Man muß Ragotte in diesem kleinen radlosen Gefährt gesehen haben. Sie amüsiert sich wie ein kleines Mädchen, begeistert von dieser neuen Erfindung der Menschen, die nicht mehr wissen, was sie sich ausdenken sollen.

»Sagen Sie, Madame, für drei Francs würde man doch einen guten Sessel bekommen?«

Zunächst hielt sie den Badezuber für einen Betthimmel, und sie findet schließlich, daß diese Kugeln, die Monsieur Hanteln nennt, zum Salzzerkleinern gut wären.

Sie ist eine der letzten Bäuerinnen, die gewisse Fortschritte nicht akzeptieren wollen, irgendwo stehenbleiben und sich hinhocken, wo sie gerade sind.

»Als ich zu einer Kusine nach Moulins gegangen bin und kurz verschwinden mußte, brachte sie mich in ein Zimmer, ja, ganz allein in ein richtiges Zimmer! Oh, was hatte ich für eine Angst; ich wäre gestorben, wenn jemand hereingekommen wäre!«

Es kommt vor, daß sie sich so allein auf der Welt glaubt, daß sie sich in die Finger schneuzt.

Gloriette hat aus Spaß ihren Hutschleier über Ragottes Gesicht gelegt. Er steht ihr wie einer alten Dame, und lachend sagt Philippe:

»Hinter diesem Gitterchen würde sie sich gut halten.«

Sie setzt sich zu Gloriette in die Küche, um zu plaudern und die feine Dame zu spielen.

Wenn Gloriette ihr etwas vom übriggebliebenen Essen anbietet, holt Ragotte einen Teller und sagt:

»Mein Teller ist vielleicht zu tief, aber Sie brauchen ihn ja nicht ganz zu füllen. Schließlich stellt man ein Kalb ja auch in die Scheune.«

Gloriette gibt ihr ein altes Holzbrett, auf dem man gewöhnlich den Speck herunterschneidet und Petersilie kleinhackt.

»Nehmen Sie es, Ragotte, ich brauche es nicht mehr, und wenn Sie nicht da gewesen wären, hätte ich es ins Feuer geworfen.«

»Tun Sie so was nie, Madame, ich werde es selber hineinwerfen.«

»Es tut weh, Madame, wenn man die Reichen etwas wegwerfen sieht.«

»Oh, Madame, denken Sie denn immer an mich?«

Sie sagt zu Gloriette, die ihr Kleingeld zählt:

»Sie haben aber hübsches Geld! Nur dadurch wird die Welt klüger.«

Sie glaubt, daß wir sehr reich sind, und wenn jemand ihr erzählen würde, daß wir mindestens tausend Francs haben, würde es sie nicht wundern.

Gloriette gibt ihr so viele Sachen, daß Ragotte schließlich sagt:

»Sie bringen mich auf den Geschmack, Madame, und dadurch bin ich heikel geworden: jetzt könnte ich nicht mehr unglücklich werden.«

Sie schaut nach, ob ihre Männer, Philippe und Paul, auf der Straße zu sehen sind.

Ihre Silhouette könnte von einem kleinen Primarschüler gezeichnet sein. Das Schürzenband teilt sie in zwei Kugeln gleichen Umfangs.

Des Wartens überdrüssig, macht sie mit erhobener Stimme folgende Bemerkung:

»Das Vesper ist zubereitet, die Hungrigen kommen nicht. Wäre das Vesper nicht zubereitet, wären die Hungrigen schon da.«

Sie kommt vom Bauernhof zurück, von wo sie zwei Pfund Nüsse in einer Tasche mitbringt, und die Tasche ist voller Geräusche.

»Ja«, sagt Ragotte, »in der Tasche unterhalten sich die Nüsse, und das bringt den Bettler auf andere Gedanken.«

Sie sagt von ihrer Schwester, die geizig ist: »Sie gäbe nicht das Wasser her, in dem das Ei gekocht wurde.«

Sie sagt von einem hochmütigen Reichen, der kürzlich alles verloren hat:

»Er konnte nicht mehr laufen vor Stolz. Heute läuft er auf seinen Federn.«

Dazu muß man wissen, daß Ragotte äußerst gewandt lebende Gänse so rupft, daß die Flügel der noch lebenden Gans herunterhängen und, weil sie sich auf nichts stützen können, am Boden entlangschleifen.

Jaunette

Die Hände über dem Bauch gefaltet, holt Ragotte die Kuh von der Weide. Sie geht bedächtig, als ob sie betete, aber beten wäre schon zuviel gedacht; sie denkt an nichts.

Sie öffnet die Schranke und nimmt die Wiede, die sie heute morgen, als sie die Kuh hierher führte, am Fuß des Zauns versteckt hat.

Sie ruft: »Jaunette! Jaunette!«

Jaunette, die fraß, hebt ihren schweren Kopf, und es ist erstaunlich, daß sie nicht sagt:

»Schau an, Ragotte.«

Jaunette rührt sich nicht.

Was ist los?

Ragotte bricht einen mit frischem Laub garnierten Haselnußzweig ab und zeigt ihn ihr aus der Ferne.

»Muß ich dich holen kommen? Willst du etwa nicht!«

Jaunette jedoch hat gesehen und zögert kaum merklich. Sie setzt sich in Bewegung und kommt von allein. Sie kommt mit rundem Bauch, die Schenkel über dem Euter gespreizt. Sie bringt das schwere Euter zu Ragotte, die sich, wie aus Freundschaft, morgens und abends der Last annimmt.

Mit einem einzigen Zungenschlag erwischt Jaunette die Blätter des Haselnußzweigs, und Ragotte sagt zu ihr:

»Altes Naschmaul!«

Das ist der einzige Fehler, den sie an ihr kennt, die Naschhaftigkeit.

Ohne Arg wirft sie ihn ihr vor, wie eine arme Verwandte es sich gegenüber einer ärmeren Verwandten herausnehmen darf.

Jaunette bleibt nach jedem Schritt stehen, um mit schnellen Zungenschlägen das Gras auszureißen, das auf der Straße wächst. Sie folgt dem Graben und geht so nah am Rand entlang, daß Ragotte zittert. Manchmal rutscht einer von Jaunettes Hufen ab, da aber ihr riesiger Bauch so aufgebläht ist, kommt sie wieder ins Lot.

Es kommt Ragotte vor, als trüge sie selbst das empfindliche, milchvolle Euter, und sie wird ganz steif aus Furcht, einen Tropfen zu verlieren.

Sie sagt von einer mageren Kuh: »Die würde ja brennen.«

Jaunette würde zu einem Unglücklichen passen, der kein Gras besäße, um sie zu ernähren, und sie auf die Straßen führte.

Wenn sie von der Wiese kommt, ist sie schon bis oben satt, und sie frißt, entlang der Mauer, als ob sie am Verhungern wäre. Ihr unentwegt arbeitender Kiefer verschmäht nichts; sie frißt sogar dort, wo die Schafe, die das Gras beschmutzen, gerade vorbeigekommen sind.

Die hinter ihr aufgepflanzte Ragotte ist eine häßliche und gute kleine Hexe, die binnen kurzem über die Macht verfügen wird, mit der Spitze ihres Zauberstabs eine weiße Quelle zum Sprudeln zu bringen.

Da sie nicht heimkehren, öffnet Philippe, der sich wundert, die Tür, tritt auf die Straße hinaus und sieht, daß sie stehengeblieben sind. Jaunette schaut mit ihren großen, glasigen Augen vor sich hin, Ragotte schaut zu Boden.

»Was grübelst du denn da?« fragt Philippe.

»Ich warte auf Jaunette«, sagt Ragotte, »ich weiß nicht, woran sie denkt.«

Sie melkt die Kuh (Philippe, der alles kann, konnte nie Kühe melken), eine Zitze in jeder Hand, in abwechselnder, sanfter Bewegung: eins, zwei, eins, zwei. Während Ragotte auf diese Weise morgens und abends den Angelus läutet, frißt Jaunette schon wieder aus der Krippe und gewährt, um die Nahrung zu bezahlen, ihre Milch, ohne mit den Füßen in den Melkkübel zu treten.

»Wenn es ein Esel wäre, würden Sie aufsitzen, Ragotte.«

»Oh nein«, sagt sie, »der würde sich schnell in ein Fohlen verwandeln!«

Was bedeuten soll, daß sie bald auf der Erde läge, zwischen den vier Hufen des Esels.

Manchmal, welche Wichtigkeit! Alle diese Gedanken, die sie im Kopf hat! Die Mühe, die sie auf das Federvieh verwendet! Das Hähnchen, das so wenig zunimmt wie ein Stein in einem Loch! Und dieses Huhn, das sie wie Abschaum behandelt, als wollte sie es für immer vor aller Welt lächerlich machen!

Wäscherin

Aber die Hauptsache in Ragottes Leben war stets die Wäsche anderer Leute.

Was am besten zu ihr paßt, ist der Gang zum Fluß und die Rückkehr von dort. Um die natürlichste Wirkung zu erzielen, muß sie in die Rolle der Wäscherin schlüpfen. Ihr Schubkarren vorn oder den Korb auf dem Rücken, ihren Bottich unter dem einen Arm, den Klopfer und das Waschbrett unter dem andern, so fühlt sie sich wohl, sie geben ihr Halt.

Sie ist so eins mit ihrem Schubkarren, daß er mit ihr spazieren ginge, fiele es Ragotte ein, spazierenzugehen. Und Ragotte ist manchmal so erschöpft, wenn sie vom Fluß zurückkommt, daß es aussieht, als würde sie vom Schubkarren zurückgebracht.

Eine Wäscherin, die nicht verköstigt wird, hat Anrecht auf einen Schoppen täglich. Gloriette wußte es nicht, und Ragotte sagte nichts. Nachdem Ragotte die Wäsche seit neun Jahren wäscht, erfährt Gloriette zufällig, daß sie ihr beinahe ein Faß Wein schuldet.

»Warum haben Sie sich nicht beschwert?«

»Ach, Madame, Wein mag ich nicht . . .«

»Sie wissen ja, wie ein Mann sich aufführt, der getrunken hat, Madame Gloriette! . . .Oder vielmehr nein, Sie wissen es nicht! Und wenn er trinkt, soll sich die Frau an der Arbeit berauschen, wenn sie mag.«

Am Waschtag hat sie keine Zeit, für die Männer Essen zuzubereiten. Philippe ißt nur Knoblauch.

Ich, der Monsieur, bin es, der auf der Jagd in den Genuß kommt, wenn der Wind in meine Richtung weht.

Ihre Kinder

Eines Morgens bringt der Briefträger die Fotografie ihrer Tochter, die in Paris lebt.

Lucienne ist festlich gekleidet: sie trägt Ohrringe, eine Uhrkette, und ihr eigens für diesen Anlaß frisiertes Haar ist aufgebauscht.

Lange betrachtet Ragotte das Porträt und sagt schließlich:

»Armes kleines Ding!«

Lucienne kommt heute abend an, und da sie einige Tage bleiben wird, kauft Ragotte weißen Faden, schwarzen Faden und Wolle zum Strümpfestopfen: sie wählt die am wenigsten grobe Wolle aus, die sie findet.

»Lucienne«, sagt sie, »muß dort an das Feine gewöhnt sein. Madame, schauen Sie bitte, ob diese Wolle fein genug ist.«

»Ja«, sagt Gloriette, »eine gute Idee von Ihnen. Lucienne wird zufrieden sein.«

»Sie wird es vielleicht gar nicht bemerken«, sagt Ragotte.

Philippe kommt allein vom Bahnhof zurück. Ragotte wird blaß. Sie traut sich nicht, ihn auszufragen, und Philippe nimmt sich nicht die Mühe, zu sagen, daß ihre Tochter oben im Dorf bei einer Kusine vorbeigeschaut hat.

»Als ich gesehen habe, daß dein Vater dich nicht heimbrachte, hat es mich überall umgetrieben«, sagt Ragotte zu Lucienne.

Lucienne macht sich über sie lustig, ißt ihre Suppe, ist zu müde, um freundlicher zu werden, legt sich hin und schläft ein.

»Kommen Sie schauen, Madame«, sagt Ragotte zu Gloriette, »wie schön mein Mädchen ruht.«

Ragotte: Da du nichts tust, solltest du meinen Ärmel stopfen.

Lucienne: Stopfen kann ich nicht gut genug.

Ragotte: Du stopfst immer noch besser als ich.

Lucienne: Nein, ich kann es nicht. Ihr hättet mich Schneiderin lernen lassen müssen.

Ragotte: Das sagst du mir oft!

Lucienne: Wenn ich einen Beruf hätte, irgendeinen, müßte ich nicht bei anderen Leuten arbeiten.

Ragotte: Wir konnten dir keine Lehre bezahlen!

Lucienne: Dann stopf deine Kleider selber!

Während Ragotte ganz in ihre traurigen Gedanken versunken ist, putzt ihre Tochter sich heraus, um in die Stadt zu gehen. Lucienne kleidet sich wie ein Pariser Fräulein und trägt Handschuhe. Sie geht an Ragotte vorbei, macht ein kleines Handzeichen, wie sie es auf den Bahnhöfen gesehen hat, und sagt:

»Irgendwas einzukaufen?«

Ragotte antwortet nicht. Gegen den Stapel Reisigbündel gelehnt, sieht sie traurig und brummelnd, wie die Fremde sich entfernt, die aus ihr herausgekommen ist.

»Meine Tochter ist im Grunde nicht schlecht«, sagt sie, »aber ihre Worte sind hart.«

»Naja, was wollen Sie, es ist mein Fleisch.«

Der Spiegel

Sie besaß bloß einen handgroßen Spiegel, um sich zu betrachten, einen dieser ovalen Spiegel mit weißem Holzdeckel, wie ihn die Jungen in ihre Taschen stecken, sobald sie glauben, sie seien hübsch.

Ragotte ließ ihren an der Wand hängen.

Gloriette sagt zu ihr:

»Sie mögen noch so klein sein, dieser Spiegel ist immer noch zu klein.«

»Ach, Madame«, sagt Ragotte, »er genügt mir. Ich habe

ihn seit unserer Hochzeit. Wenn ich nur sehe, daß meine Haube schief sitzt, auf das übrige kann ich verzichten. So schön bin ich nicht!«

»Trotzdem werde ich Ihnen einen neuen bezahlen müssen«, sagt Gloriette.

Nun findet Ragotte an diesem Abend, nachdem sie gewaschen hat, anstelle des anderen einen großen, viereckigen Spiegel mit lackiertem Rahmen wie bei Bildern, in dem sie sich beinahe in voller Größe betrachten kann.

Sogleich erinnert sie sich an Gloriettes Versprechen, aber aus Schüchternheit und Respekt spielt sie die Erstaunte.

»Ich frage mich«, sagt sie, »wer um alles in der Welt diesen Spiegel hierher gehängt hat? Warst du das zufälligerweise, Philippe?«

»Nein«, sagt Philippe, der nichts weiß und sich wegen eines Spiegels nicht von seiner Arbeit abhalten läßt.

»Ich wußte doch«, sagt Ragotte, »daß es wieder Madame war!«

»Nein, nicht Madame«, sagt Lucienne schroff, »ich war's!«

»Du warst das?« sagt Ragotte erstaunt.

»Ja, ich. Ich habe ihn heute morgen bei einem fahrenden Krämer gekauft.«

»Du«, wiederholt Ragotte.

LUCIENNE: Und so dankst du es mir!

RAGOTTE: Warum hast du mir denn einen Spiegel gekauft?

LUCIENNE: Weil ich Geld übrig hatte.

RAGOTTE: Mein armes Mädchen, das kenne ich nicht von dir. Ich hätte eine Menge gewettet, daß es Madame war oder mein Alter.

LUCIENNE: Du denkst an Papa, du denkst an Madame, du denkst nicht an deine Tochter; so täuscht man sich!

RAGOTTE: Na, ich hab' mich in meinem Alten getäuscht, aber in meiner Herrin hab' ich mich nur ein bißchen getäuscht.

Ragotte konnte sich erst mit fünfundfünfzig Jahren eine Lampe kaufen.

Sie benutzt die Lampe ohne Schirm, der sich auf dem Speicher befindet.

»Er störte mich«, sagt sie.

Bis sie sechzig war, kannte sie nur das Federbett.

Zum erstenmal in ihrem Leben wird sie auf einer Matratze schlafen.

Von einem Bett, auf dem der Faulenzer zu lange verweilt, sagt sie:

»Das ist ein gut besätes Bett.«

Sie wundert sich, daß ich seit einigen Tagen (für einige Tage nur) um sechs Uhr morgens aufstehe, und sagt, daß ich nichts mehr davon habe, der Monsieur zu sein.

»Wenn man zu anderen geht«, sagt sie, »kommt man immer rechtzeitig.«

Sie betrachtet das rote Lederband, das die kleine Luxushündin um den Hals trägt.

»Na, du kleines Biest«, sagt sie zu ihr, »hast du ein Glück, mir hat man nie so eins umgelegt!«

Man kriegt sie nicht dazu, zu sagen, sie sei aus demselben Stoff gemacht wie wir. Es muß so sein, daß es Damen gibt, die gekleidet sind wie Madame Gloriette, und Bäuerinnen, die angezogen sind wie Ragotte.

GLORIETTE: Aber wenn Sie reich würden?

RAGOTTE: Das kann nicht sein.

GLORIETTE: Wenn Ihnen jemand ein schönes Kleid schenken würde?

RAGOTTE: Wüßte ich, wie man es trägt?

GLORIETTE: Wenn man es Ihnen beigebracht hätte.

RAGOTTE: Ich bin zu stur.

GLORIETTE: Wenn Sie, durch einen Zufall der Geburt, das wären, was ich bin, und ich wäre, was Sie sind?

RAGOTTE: Ich an Ihrer Stelle, Madame, und Sie an meiner, oh! oh!

GLORIETTE: Nur mal angenommen.

RAGOTTE: Das wäre nicht gerecht.

Paul wirft ihr vor, einen Hemdknopf nicht angenäht zu haben.

»Ich bin nicht meine Herrin«, sagte Ragotte. »Ich habe meine Arbeit; zuerst muß ich tun, was man mir befiehlt.«

Sie sagt »was man mir befiehlt« mit Respekt vor dem, der befiehlt, einer ernsten Freude daran, befehligt zu werden, der Gewißheit, recht gut zu gehorchen.

»Ich schreibe eine Zeile an Lucienne, Ragotte! Was soll ich ihr von Ihnen ausrichten?«

»Sagen Sie ihr, daß man nicht immer kann, wie man will, Madame.«

Krank

Kaum im Bett, schreit sie. Der Schmerz beginnt bei den bis zu den Wurzeln abgenutzten Zähnen, und erreicht die Ohren.

Sie kann nicht liegenbleiben. Sie steht auf und hält ihren glühenden Kopf über das im Kamin ausgehende Feuer.

Da sie leidet, ist Philippe beinahe zärtlich. Er erträgt es, daß sie ihn am Schlafen hindert. Er betrachtet die Deckenbalken und sagt hin und wieder zu Ragotte:

»Und dein Maul?«

Ragotte antwortet mit einem von Schmerzen durchdrungenen Murren.

Um sie zu beruhigen, erzählt Philippe die Geschichte eines seiner Zähne.

Eines Tages, als er über Schmerzen klagte, sagte der Schmied zu ihm:

»Stell dich da hin, neben meinen Amboß!«

Philippe stellt sich hin. Der Schmied bindet um den kranken Zahn das eine Ende einer Schnur und um den Amboß das andere Ende, dann nähert er sich mit einem rotglühenden Eisen Philippes Gesicht.

»Weil ich zurückwich, ist mein Zahn herausgesprungen«, sagt Philippe, »und ich wäre mit Fausthieben über den Schmied hergefallen, wenn er mich nicht mit seinem roten Eisen in gebührendem Abstand gehalten hätte. Ich hatte keine Schmerzen mehr, aber zuerst glaubte ich, blind zu sein, und lange habe ich geblinzelt.«

Ragotte, auf die die Geschichte keinen Eindruck macht, sagt wütend zu Philippe:

»Mach mich mit deinem Messer auf!«

Liebevoll fährt Philippe mit der Messerspitze zwischen

zwei Zähne, stößt zu und dreht. Es knackt. Ragotte schreit, als ob man ihr das Hirn öffnete, aber der Zahn bewegt sich nicht.

Ragotte entschließt sich, ihn sich für vierzig Sous in der Stadt vom Arzt ziehen zu lassen.

Bei ihrer Rückkehr spritzt das Blut von ihrem Mund auf die Straße.

Fröhlich sagt sie zu Philippe und bringt ihn damit zum Lachen:

»Ich hab' ihn gesehen; es war ein ganz besonderer Zahn! Es wundert mich nicht, daß er so lange hielt; es war mehr Stiel in meinem Maul als außerhalb.«

Sie sagt zu Gloriette, die zurückgekehrt ist:

»Ich war froh, zu wissen, daß Sie aus Paris zurückkommen; ich dachte, wir werden einander von unseren Winterkrankheiten erzählen.«

Sie beginnt:

»Ich hatte Kopfschmerzen und hohes Fieber. Ich habe zuerst Kräuter genommen, eine Art Bitterkraut, Tausendgüldenkraut. Es hat mir gut getan. Danach habe ich alle Pillen vom Doktor geschluckt. Ich hatte noch nie Medizin genommen. Mein Bauch hat wie Feuer gebrannt. Ich mußte immer wieder zum Brunnen laufen, um ein Kesselchen kühles Wasser zu trinken.«

»Gefrorenes Wasser, Ragotte, geschmolzener Schnee? Das war verrückt!«

»Es hat mich beruhigt.«

»Um nachher nur noch mehr zu brennen! Und wie geht es Ihnen jetzt?«

»Das Fieber fällt, aber ich habe immer noch Kopfschmerzen. Das ist das Blut.«

»Sie müssen wieder zum Arzt.«

»Ach, wozu?«

»Madame hat recht«, sagt Philippe schroff und warnend. »Morgen hol' ich ihn wieder, und er wird dir neue Lebensmittel verschreiben.«

Sie hat Nierenschmerzen und legt sich, um tagsüber ihr Bett nicht zu zerwühlen, auf die Brottruhe.

Die Truhe ist zu kurz, wenngleich Ragotte nicht lang ist. Sie muß die Beine anziehen. Das einzige, was man erreichen kann, ist, daß sie sich ein Kissen unter den Kopf und ein Taschentuch darauf legt, weil die Fliegen über sie herfallen.

Früher hatte sie Warzen, aber sie hat sie mit einer Salbe geheilt, mit der sie sich vor Sonnenaufgang und nach Sonnenuntergang einrieb.

Sie erinnert sich ganz genau an das Datum, als sie in die Wechseljahre kam.

»Ich hatte es zum letzten Mal am Tag der Erstkommunion meines kleinen Joseph«, sagt sie.

Beide Erinnerungen sind nebeneinander in ihrem Kopf untergebracht und tun einander nicht weh.

In der Einsamkeit stehen ihr genug Dinge zur Verfügung, mit denen sich ihre Gedanken beschäftigen können. Sie kennt Geschichten, die wir nicht kennen und die sie keinem Menschen erzählt. Sie weiß, daß sich an jenem bestimmten Tag der Polizist heimlich hinter den Reisigbündeln an der Frau des Zurichters vergangen hat.

Oft geht sie mir auf die Nerven, wenn sie auf einer der Treppenstufen sitzt. Sie redet! redet im Flüsterton, um mich nicht zu stören, und von ihrem Geplapper steigt ein Murmeln bis zu meinem Fenster und wirbelt die Luft wie Haferspreu auf, die aus dem Windsichter entweicht.

Religion

GLORIETTE: Warum gehen Sie kaum noch zur Messe?

RAGOTTE: Ach, die Messe ...

GLORIETTE: Ist es, um uns eine Freude zu machen? Arme Ragotte, Sie machen sich ein falsches Bild von uns; Sie sind frei.

RAGOTTE: Ich weiß es wohl, Madame.

GLORIETTE: Sie täten falsch daran, sich zu schämen, gehen Sie schnell zur Messe.

RAGOTTE: Ich danke Ihnen, Madame, heute werde ich nicht hingehen. Ich müßte mich anziehen.

GLORIETTE: Sie haben Zeit.

RAGOTTE: Die Kirche ist zu weit weg.

GLORIETTE: Es macht doch nichts, wenn die Messe schon angefangen hat.

»Laß sie«, sage ich zu Gloriette, »eine Heidin wie du kann doch Ragotte nicht zwingen ...«

»Du kannst sicher sein«, sagt Gloriette, »daß sie auf die Messe verzichtet, weil sie denkt, das sei uns angenehm.«

RAGOTTE: Nein, Madame, ich bleibe freiwillig.

GLORIETTE: Dann haben Sie also keine Religion mehr?

RAGOTTE: Doch, Madame, und am Freitag werde ich die Fastenregeln einhalten, warten Sie's nur ab.

GLORIETTE: Ach, Sie fasten jeden Freitag?

RAGOTTE: Nur an Karfreitag, am Freitag kommender Woche.

Gloriette: Was werden Sie an dem Tag essen?

Ragotte: Ölkuchen.

Gloriette: Ist Kuchen erlaubt?

Ragotte: Ja, aber ich werde keine Eier hineingeben.

Gloriette: Eier sind verboten?

Ragotte: Ein Eigelb, und man wäre im Stand der Sünde.

Gloriette: Und Philippe wird auch fasten?

Ragotte: Wie ich; wir machen keine zwei Essen.

Gloriette: Mag er Kuchen?

Ragotte: Ölkuchen! Na, vollstopfen wird er sich.

Gloriette: Und wenn er ein Ei will?

Ragotte: Bekommt er nicht.

»Mögen Sie die Juden, Ragotte?«

»Ich weiß nicht, was das ist, ich hab' nie welche gesehen.«

»Schauen Sie! Da ist einer.«

»Der Herr dort?«

»Ja, er ist ein Jude, ein Freund, der acht Tage auf dem Land verbringt. Was machen wir mit ihm?«

»Wenn er ein guter Mensch ist, soll man ihn dabehalten, wenn er ein schlechter Mensch ist, schickt man ihn zurück.«

Der Jude fährt heute abend, aber es ist Zufall; die Woche ist um.

»Glauben Sie an das Paradies, Ragotte?«

»Naja, schon, Monsieur.«

»Hoffen Sie, ins Paradies zu kommen?«

»Ich habe nichts Schlechtes getan.«

»Glauben Sie, daß Philippe ins Paradies kommt?«

»Warum nicht.«

»Hören Sie, Ragotte, wären Sie lieber ganz allein im Paradies als mit Philippe in der Hölle?«

»Na, an die Hölle«, sagt Ragotte, »glaub' ich weniger!«

»Im Fegefeuer, wenn Sie lieber wollen.«

»Ich wäre lieber mit ihm sonstwo.«

Dann fährt sie verschämt fort:

»Es ist nicht, daß ihm an mir was läge oder mir an ihm, aber wir sind schon zu lange beieinander, es lohnt sich nicht mehr, sich zu trennen.«

»Und Madame Gloriette, scheint es Ihnen möglich, daß sie ins Paradies kommt?«

»Oh, wenn nicht sie, dann niemand!«

»Und ich, Ragotte?«

»Ja, Monsieur«, sagt sie schnell.

»Ich auch? Aber Sie vergessen, Ragotte, daß weder Madame noch Monsieur noch die Kinder je die Kirche betreten, außer wenn ...«

Plötzlich bemerke ich, daß sich Ragottes Augen mit Tränen füllen. Es ist ihre Art, mir zu verstehen zu geben, daß ich sie doch in Ruhe lassen sollte.

GLORIETTE: Es ist Himmelfahrt, Ragotte, an diesem Tag darf man die Messe nicht verpassen; nun denn, gehen Sie.

RAGOTTE: Ach nein, Madame.

GLORIETTE: So gehen Sie nicht mehr zur Messe?

RAGOTTE: Kaum noch.

GLORIETTE: Aber meine liebe Ragotte, Sie verschließen sich die Tore zum Paradies!

RAGOTTE: Oh, Madame, Sie haben mir einmal gesagt, daß ich ins Paradies komme. Ich bin ganz sicher, daß ich ins Paradies komme.

Im übrigen ist Gott nicht der, an den sie am meisten glaubt:

»Will ein Huhn zu Johannis brüten, so lassen Sie es einen Tag draußen, bevor es brütet.«

»Weshalb, Ragotte?«

»Weil sonst der Hausherr im Lauf des Jahres sterben würde.«

»Man muß dreizehn Eier unter ein Huhn legen.«

»Wegen der Zahl dreizehn?«

»Oh, nein, Madame! Nein, nein . . . aber für zwölf Eier wäre des Huhn zu groß und für vierzehn zu klein.«

»Wenn eine Gans brütet und es donnert, muß man den Kleinen in den Schalen etwas zurufen.«

»Warum?«

»Ich weiß nicht, man sagt, daß man sie rufen muß.«

Im März bereitet man kleine Haferpacken vor und läßt sie segnen, dann verteilt man sie an die Kühe, damit sie tüchtig kalben. Philippe ordnet die Packen. Mag Ragotte sie zum Segnen wegbringen, wenn sie will!

Bevor man sich hinlegt, sieht man mit einer Laterne nach den Tieren im Stall. Man sieht jeden Abend nach, außer an Heiligabend, weil an Heiligabend die Tiere miteinander plaudern.

Ragotte schimpft ein Kalb, das schlecht säugt, einen Faulpelz, aber sie entschuldigt es, wenn Vollmond ist, weil bei Vollmond ein Kalb zum Säugen zu träge ist.

»Es hat vielleicht auch keinen Einfluß«, sagt sie.

Aber vielleicht hat Ragotte recht, daß wir alle, jeder auf seine Weise, den Einfluß des Mondes zu spüren bekommen, und daß eine bei Vollmond geschriebene Seite nicht so gut ist wie eine bei Neumond geschriebene.

»Die eingesperrte Krähe macht zuviel Aufruhr in ihrem Käfig, es wird wieder etwas geschehen.«

Soeben ist der kleine Joseph in Paris gestorben.

II
DER TOD DES KLEINEN JOSEPH

Die Krankenschwester sagt zu Gloriette:

»Ihrem kleinen jungen Mann geht es nicht gut.«

»Verloren?«

»Sehr krank.«

Und der Arzt:

»Es ist eine Hirnhautentzündung. Er kann noch acht Tage leben oder drei Wochen. Drei Wochen würde mich wundern. Benachrichtigen Sie die Familie.«

Ich schreibe an Philippe und rate ihm, nach Paris zu kommen.

»Traurige Reise«, sagt er bei seiner Ankunft.

Er geht sofort mit seiner Tochter Lucienne ins Krankenhaus und findet, daß es Joseph so schlecht nicht gehe.

»Hat er Sie erkannt, Philippe?«

»Na, sogar von weitem! Bu! bu! kam über seine Lippen. Ich habe zu ihm gesagt: ›Willst du mich umarmen?‹ Er hat geantwortet: ›Ja‹. Ich hab' mich hinuntergebeugt, und als ich mit dem Fuß ausrutschte, hat er zu mir gesagt: ›Du wirst hinfallen.‹ Er wollte trinken, Lucienne hielt das Glas unten fest. Ich sagte zu Joseph: ›Du hast genug!‹ Es war ein Spaß, nicht um ihm seine Milch vorzuenthalten. Er antwortete: ›Naja, ich trinke alles.‹ Und er hat alles getrunken; Beweis dafür, daß es ihm besser geht.«

»Machen Sie sich keine falschen Hoffnungen.«

»Ach, die mach ich mir nicht; seine Besserung ist vielleicht eine Verschlechterung.«

»Wenn ein bedeutender Arzt wie seiner gesprochen hat! . . .«

»Manchmal täuschen sich die Ärzte«, sagt Philippe.

»Nicht, wenn sie versichern, daß nichts zu machen ist.«

»Ach!«

»Ich bewundere die bedeutenden Ärzte«, sagt Gloriette bewegt.

Philippes Bart und seine Falten verschwimmen ineinander, und bald gleicht sein Gesicht einem aufgeweichten Baumstumpf.

»Philippe, Sie haben sich mit eigenen Augen davon überzeugen können, daß Joseph in diesem Krankenhaus gut gepflegt wird?«

»Ja, aber es läuft Wasser von seiner Stirn und rinnt ihm bis zum Bauch.«

»Es ist das Wasser vom Eis, das man ihm auf den Kopf legt, um den Schmerz einzuschläfern. Auf dem Land würden Sie kein Eis finden.«

»Nein; es wäre aber trotzdem besser, wenn jemand in seiner Nähe bliebe.«

»Die Krankenschwester ist immer da, Philippe. Sie geht von einem Kranken zum anderen. Sie verläßt den Saal nur zum Essen und hat nur diesen Moment, um sich auszuruhen. Krankenschwestern haben einen harten Beruf; sie arbeiten von sieben Uhr morgens bis sieben Uhr abends.«

»Bei uns hätte Joseph keine Krankenschwester«, antwortet Philippe, »aber ich, Ragotte und Paul, wir würden ihn nicht allein lassen, wir wären immer da, um ihn zuzudecken, wenn er sich aufdeckt, und um ihm etwas zu geben, wenn er was zu trinken oder nach sonstwas verlangte.«

»Joseph wird nicht daran sterben, daß er nichts zu trinken bekommt, Philippe. Was sagen Sie zum Krankenhaus? Hatten Sie noch nie eines gesehen?«

»Nein.«

»Kam es Ihnen gut geführt vor, ja? Sauber, blitzblank.«

»Es ist recht zufriedenstellend.«

»Seit wievielen Jahren ist Joseph in unseren Diensten?«

»Er käme ins siebte.«

»Sieben Jahre, schon! Hoffen wir, daß er bei uns nicht unglücklich war.«

»Er hat sich nicht sonderlich beklagt«, sagt Philippe.

Die Krankenschwester ist hübsch, blond, sanft und ernst; sie hält sich nicht lange bei jenen Kranken auf, die Späße treiben. Ein Glas Milch reicht sie mit derselben Ernsthaftigkeit wie die Pipiflasche. Trotz ihres Berufs bleibt sie so weiblich, daß Gloriette bei ihrem Anblick nicht zu sagen versäumt:

»Wie gut ich sie verstehe! Ich wäre auch gerne Krankenwärterin.«

Der kleine Joseph hat fast kein Fieber und fantasiert. Er fantasiert fröhlich, gewissermaßen vernünftig. Er hat seinen Vater erkannt und erinnert sich nicht mehr an dessen Besuch. Es scheint, als habe man ihm mit dem Hammer kräftig eins über den Schädel gezogen, nicht um ihn zu töten, sondern um ihn zu betäuben. Er schneidet Grimassen und leidet nicht. Seine Hände sind eiskalt, die eine weiß, die andere violett. Sie suchen einander, aber während die weiße ganz allein mehr als die Hälfte des Wegs zurücklegt, bewegt sich die violette kaum.

»Nehmt ihr mich mit?«

»Ja, bald.«

»Oh, ich kann gehen, los! Beeilen wir uns!«

Er verwendet alle Kraft darauf, seine reglosen Beine zu bewegen.

»Man hat mich hier auf eine Bahre gelegt«, sagt er, »aber wenn ich wieder heruntersteige, helfe ich ihnen und halte den Griff der Bahre.«

Er sieht Sonnenkringel an der Wand und ruft aus:
»Oh, Brioches!«

»Gestern«, sagt er, »war ein alter Mann sehr krank. Er hat nach dem Herrgott verlangt. Der Herrgott ist da, im Schrank.«

Der Assistenzarzt hat ihn ausgefragt:
»Trinken Sie manchmal?«
»Nein.«
»Niemals?«
»Nein, nein.«
»Was tun Sie?«
»Ich?«
»Ja, Sie, beruflich?«
»Ich bin Diener.«
»Bedienen Sie bei den Mahlzeiten?«
»Ja.«
»Trinken Sie Schnaps, während Sie den Tisch abräumen?«
»Bei uns gibt es keinen Schnaps«, antwortet der kleine Joseph mit Nachdruck.

Die anderen Kranken beobachten uns und sagen sich zweifellos:
»Er wird sterben, nicht ich.«

»Gute Nacht, Kleiner.«

»Gehen Sie?«

»Ja, wir kommen wieder.«

»Und ich, bleibe ich?«

Wird er weinen? Als ich mich umdrehe, folgen seine Blicke schon wieder den Brioches, die sich auf dem weißen Verputz kringeln.

»Zu Hause bekleidet man sie«, erzählt mir Philippe; »wird man ihn bekleiden?«

»Ich glaube nicht. Wir werden ihm ein Leintuch und ein Kissen geben, er wird sich in einem sauberen Leintuch wohler fühlen als in den Sachen, die nicht mehr sauber waren.«

»Zu Hause bekleidet man sie«, wiederholt Philippe.

»Hier nicht. Jede Gegend hat ihre eigenen Gewohnheiten. Paris auch. Man muß sie respektieren.«

»Ja, aber ich will nicht, daß man Joseph aufschneidet.«

»Wie?«

»Ich will nicht, daß man ihn aufschneidet! Sie, der die Ärzte kennt, müssen ihnen verbieten, ihn aufzuschneiden. Ich weiß, daß sie im Krankenhaus die Toten aufschneiden, wenn man nichts sagt. Sie haben Rolins Tochter aufgeschnitten. Ich will das nicht: verbieten Sie es!«

So starrköpfig und düster spricht er, weil er sich daran erinnert, auf dem Hof der Corneilles selber beinahe einen Mann aufgeschnitten zu haben. Ein Knecht war plötzlich gestorben. Die Versicherungsgesellschaft bestand auf einer Autopsie, und der Arzt führte die Operation unter Mithilfe Philippes durch, der für seine Geschicklichkeit bekannt war, mit der er den Schweinen die Gurgel durchtrennte.

Philippe, wiewohl an Blut gewöhnt, fand nicht, daß dies eine besonders angenehme Arbeit war.

»Verbieten Sie es, Monsieur, verbieten Sie es!«

»Ich werde es ihnen ausrichten.«

»Ich habe hier nichts mehr verloren, ich gehe«, sagt er zu Lucienne.

Er vergewissert sich, daß sich das Sparbuch und der Geldbeutel des Kleinen in seiner Tasche befinden.

»Sie wissen, daß Ihre anderen Kinder Anrecht auf die Hälfte dieser Summe haben?«

Philippe antwortet nicht. Eng knöpft er seine Jacke und seinen Überzieher zu, streicht sein Haar straff nach hinten und sagt im Befehlston zu seiner Tochter:

»Ich gehe, ich habe ihn gesehen, das reicht; aber du bleibst. Du wirst jeden Tag ins Krankenhaus gehen, und jeden Tag wirst du schreiben, um uns auf dem laufenden zu halten. Vergiß es nicht; hörst du mir zu?«

Ich hatte zu Philippe gesagt:

»Sie sind ein Mann! Ein Mann kommt darüber hinweg, aber Ragotte ist bloß eine arme, alte Mama; stehen Sie ihr bei!«

Philippe telegrafiert uns von zu Hause:

»Ragotte nicht krank, aber verärgert.«

Nach Philippe ist es Paul, der seinen Bruder Joseph ein letztes Mal besucht. Er wollte unbedingt fort. Mitten in der Nacht kommt er an der Gare de Lyon an und wartet so lange, bis es Zeit ist, an der Pförtnertür zu klingeln.

Er erscheint mit einer kleinen Halsbinde von frühlingshafter Farbe, auf der eine vergoldete Nadel prangt, und schon bei den ersten Worten weint er wie ein großer, aufgesprungener Bratapfel.

Paul will sich nicht weniger auskennen als die anderen.

»Oh, für mich ist er verloren!«

Joseph wird zweimal im Krankenhaus gewesen sein. Beim ersten Mal schrie Ragotte:

»Er wird nie mehr herauskommen!«

Wir haben sie mit Entschiedenheit gerügt. Joseph kam heraus.

»Ich bereue meine argwöhnischen Worte«, hat Ragotte gesagt, »na, ich werde mich nicht mehr vor dem Krankenhaus fürchten, und wenn mein Kleiner wieder dorthin zurückkehrt, bleibe ich ruhig.«

Der kleine Joseph ist zurückgekehrt, und diesmal bleibt er.

Lucienne und Paul sind bekümmert, vor allem aber schlechter Laune. »Es geht mir auf die Nerven«, sagt Lucienne. Sie seufzen murrend.

»Dabei war es doch nicht schwierig zu sehen, daß das Ende nahte.«

»Was nützt es, eine Depesche zu schicken? Er ist tot, er ist tot.«

Paul sagt zu Lucienne:

»Natürlich bleibe ich bis morgen in Paris. Ich muß doch einen Kranz kaufen!«

Und Lucienne sagt:

»Unnötig, sich in Unkosten zu stürzen. Es ist nett genug, daß wir ihn mitnehmen. Du weißt, daß man sie hier nicht bekleidet; versuch', es für dich zu behalten und zu Hause nicht zu erzählen, daß man ihn unbekleidet in den Sarg gelegt hat.«

»Ich bin nicht so dumm, wie du glaubst«, antwortet Paul.

»Nein«, sagt Lucienne, »aber du hast nur selten die Hand in der Tasche, wenn es ums Bezahlen geht! Wie wärs, wenn du mir das Geld zurückzahlen würdest? Glaubst du, die Metro kostet nichts?«

Sie sagen: »Ich habe ihn gesehen; er ist wie gestern; der Tod hat ihn nicht verändert.«

War das die Mühe wert?

»Um ihn zu überführen«, sagen sie, »werden wir mit seinen Ersparnissen bezahlen. Es ist sein Geld. Das Geld, das er verdient hat, muß ihm nützen.«

»Dieses Geld«, sage ich, »wird vor allem dem Vorgesetzten dieses schwarzgekleideten Mannes nützen, der uns soeben seine Angebote unterbreitet hat.«

»Sie haben recht, aber wenn Joseph sprechen könnte, würde er dasselbe sagen wie wir.«

Es ist Philippe, der die Depesche im Dorf entgegennimmt. Er liest sie und weint sich zunächst von Herzen aus, allein. Er behält die Depesche über eine Stunde lang in seiner Tasche.

Ragotte sitzt mit einer Nachbarin, der Chalude, am Kaminfeuer. Ohne Ragotte die Depesche zu geben, da sie nicht lesen kann, ja ohne sie ihr zu zeigen, umarmt er sie, was er schon seit Jahren nicht mehr getan hat.

Ragotte versteht und weint in ihre Schürze.

Die Chalude, die verstanden hat, weint ebenfalls.

Es waren viele Leute bei der Beerdigung. Ragotte hat gesagt:

»Wir mögen ja arm sein, schlecht angesehen sind wir nicht.«

Es wird ihr einige Freude machen, sich all die Leute in Erinnerung zu rufen, die sich die Mühe genommen haben.

Philippe jedoch war nicht da. Im letzten Augenblick hat er sich geweigert, ein Hemd anzuziehen. Mit tonloser Stimme hat er gesagt:

»Nein, ich werde nicht hingehen.« Und er hat sich ins Stroh gelegt, neben Jaunette.

Die Leute gingen schweigend einher, außer der Chalude, die sich gegen den Wind krümmte, der über die Straße fegte. Die Chalude, die nicht schnell spricht, schließlich aber doch sagt, was sie will, erklärte Lucienne:

»Genau dreizehn Jahre ist es her, zur selben Jahreszeit, im März, daß euer ältester Bruder gestorben ist. Ich habe ein gutes Gedächtnis, ich vertu' mich nicht. Und als euer ältester Bruder starb, war es genau dreizehn Jahre her, daß euer Großvater gestorben war. Du wirst sehen, daß es in dreizehn Jahren wieder was für dich geben wird.«

In der Kirche gab der Pfarrer sein Bestes für die fünfundzwanzig Sous, aber er war nicht rasiert, was alle bemerkten.

Um den kleinen Joseph wurde wirklich viel geweint. Ihn selbst habe ich nie weinen sehen, und es war das erste Mal, daß er die anderen zum Weinen brachte.

Noch einige Tage lang lebt er für jene weiter, die es nicht wissen.

»Und euer kleiner junger Mann, man sieht ihn nicht mehr; was macht er?«

»Tot.«

»Oh, Verzeihung! Hätte ich das gewußt, hätte ich mich nicht nach ihm erkundigt.«

Er hatte sich eben erst in Unkosten gestürzt.

Da er oftmals zu den Hochzeiten in seinem Dorf eingeladen wurde, wo er den Tanzenden nur zusehen konnte, nahm er diesen Winter, ohne jemandem davon zu erzählen, Tanzstunden. Auf einen Schlag hatte er für fünfzig Francs Tanzstundenmarken gekauft.

Er hat noch drei oder vier gut.

Ragottes Kummer

Wenn der kleine Joseph sie besuchte, war er zärtlich zu ihr. Nie machte er ihr irgendwelche Schwierigkeiten. Er ging nicht fort, ohne ihr beim Abschied ein Geldstück von seinem Lohn für den Sparstrumpf zuzustecken, und wenn Ragotte es ihm zurückgeben wollte, hielt er ihre Hand bis zur Ankunft des Zuges umschlossen.

Der kleine Joseph kehrt mit zuviel Gewalt in ihre Gedanken zurück; sie sagt zu Gloriette:

»Oh, wenn Sie wüßten, Madame, wie bestraft man sich fühlt!«

»Wofür bestraft, Ragotte?«

»Oh, Madame, oh, Madame!«

Genau könnte sie es nicht sagen ... vielleicht, weil sie vergessen hatte, daß das Leid uns jeden Augenblick auflauert und man beständig in Sorge leben muß.

Über die Lehren, die uns das Leben erteilt, sagt sie:
»Damit man es spürt, muß es dich packen.«
Und über den kleinen Joseph:
»Solange man da nicht hindurchgegangen ist, kennt man den schmalen Grat nicht.«

Jeden Morgen weint sie, während sie mit der kleinen, abgenutzten und gelb gewordenen Gabel sachte das Bett klopft.
»Es hätte ihn so gefreut, bei mir eine Matratze zu sehen.«

Sie hat seinen Wecker behalten, dessen Ticken sie gerne hört, aber wenn er stehenbleibt, traut sie sich nicht, ihn aufzuziehen, und ruft Philippe, damit er ihn wieder zum Leben bringt.

Nach getaner Arbeit denkt sie an Joseph, und es tut ihr weh. Sie denkt zuviel an ihn, und es schläfert sie ein. Sie läßt den Kopf sinken, noch etwas tiefer, bis sie ihn jäh hochreißt, als ob sie mit der Stirn gegen den Stein des Kleinen gestoßen wäre.

Am Nachmittag setzt sie sich vor die Tür, unter das Kreuz, das sich im Schatten befindet.
Dort stopft sie die Wäsche, dort träumt und dort schläft sie.
Da der Fuß des Kreuzes wurmstichig war, hat man ihn abgesägt, und das Kreuz, das wieder eingepflockt wurde, ist nun so groß wie Ragotte. Stehend konnte sie ihr Ohr auf die leere Mulde zwischen den beiden Armen pressen und sagen:
»Ich dachte, man spricht mit mir.«

Sitzend aber scheint sie das Kreuz auf ihrem Rücken zu tragen und sich hier auszuruhen, weil sie nicht mehr kann vor Müdigkeit und Unglück.

Schon seit langem glaubte sie nicht mehr an die Hölle, und seit dem Tod des kleinen Joseph hat sie sogar aufgehört, ans Paradies zu glauben.

Wozu sollte es gut sein?

Sie weiß, daß Joseph dort auf dem Friedhof ist. Sie nutzt den Sonntag, um ihn zu besuchen. Sie betet nicht. Lieber weint sie. Sie spricht mit lauter Stimme zu ihm und sagt, damit er es hört:

»Ach, armer Joseph, du warst so gut für mich.«

Sie wird bald an seiner Seite sein, aber sie hat keine Hoffnung, ihn später im Himmel wiederzufinden.

Gibt es überhaupt einen Himmel?

Glaubt Madame Gloriette, die so viel weiß, an den Himmel?

Da Madame nicht daran glaubt, wie könnte Ragotte daran glauben?

Es gibt keinen Himmel; es gibt auf dem Friedhof den Körper des kleinen Joseph, und es gibt, in Ragottes Schrank, die Wäsche, die er zurückgelassen hat und die sie auseinanderfaltet und wieder zusammenfaltet (oh, wie schwer ihr das fällt!), indem sie vor Kummer schreit.

Langsam den Kopf schüttelnd, faßt sie ihr Leben so zusammen:

»Ich habe sehr viel Leid ertragen.«

Sie sagt außerdem, sie hätte genug Tränen vergossen, um eine Mühle anzutreiben.

Sie würde sich nicht trauen, ihre Tochter in Paris zu besuchen.

»Ihr Besuch«, sagt Gloriette, »würde sie freuen.«

»Ich könnte nicht bleiben, wo es passiert ist.«

»Aber Ihre Tochter wohnt nicht in diesem Viertel, und Sie werden nicht erfahren, an welchem Ort Ihr kleiner Joseph gestorben ist. Paris ist groß.«

»Egal«, sagt Ragotte, »es bleibt doch dieselbe Gegend.«

Sie hat den Geschmack am Essen verloren.

Sie kocht ein Ei in Wein, gibt Philippe das Ei und behält nur den Rest des Weins. Sie tunkt ihr Brot hinein und ist darauf bedacht, daß es lange genug dauert, damit Philippe sieht, daß sie ißt, und sie nicht ausschimpft.

»Josephs Tod hat sie sehr verändert«, sagt Philippe zu Gloriette, »aber am schlimmsten hat es sie getroffen, als aus ihren Küken nichts wurde.«

Sie würde nicht mehr zu ihrem eigenen Vergnügen in die Stadt gehen, nur für ein Begräbnis würde sie hingehen.

Sie findet immer weniger Gefallen daran, zum Fluß zu gehen und die schweren, nassen Leintücher auf ihrem Arm zu tragen.

»Machen wir morgen Wäsche, Madame Gloriette?«

»Wie jeden Montag seit neun Jahren, Ragotte.«

»Soll ich Seife kaufen?«

»Natürlich.«

»Und Kristallsoda?«

»Wenn keines mehr da ist.«

»Soll ich Soda und Seife bringen?«

»Aber ja, Ragotte, bei derselben Gelegenheit! Was haben Sie denn?«

Heute morgen steht sie auf, um Pauls Bett zu beziehen, der nicht verheiratet ist und in einem kleinen, von ihm selbst gebauten Haus wohnt.

Da sie nicht heimkommt, geht Philippe nachsehen.

Sie war bei der Chalude, saß da und schwatzte.

Philippe läßt sie schwatzen und sagt mit steinernem Gesicht:

»Verdammte Weiber!«

An einem andern Tag ist sie um zwölf nicht zu Hause, um ein Uhr nicht.

Philippe ißt, was er findet und geht von Tür zu Tür nachfragen, ob jemand Ragotte gesehen hat. Niemand! Philippe traut sich nicht, zuviele Leute auszufragen; Unruhe erfaßt ihn. Er kehrt nach Hause zurück und setzt sich, den Kopf zwischen den Händen, neben die Brottruhe.

Am Abend kommt Ragotte nach Hause, als wäre sie eben erst ausgegangen.

Philippe sieht sie an und kann zunächst nicht sprechen.

»Was hast du?« fragt Ragotte.

Philippe: Wo warst du?

Ragotte: Ich habe bei Mme. Lerrin Geschirr gespült, heute ist Pfingsten. Sie bewirtet Gäste, wie jedes Jahr, das weißt du doch.

Philippe: Das nächste Mal wär's nicht schlecht, wenn du es mich wissen lassen würdest.

Ragotte: Warum?

Philippe: Darum.

Ragotte: Hast du mich denn gesucht?

Philippe: Ich! Ich hab' mich nicht vom Fleck gerührt.

Ragotte: Man könnte meinen, deine Augen seien rot.

Philippe: Ich hab' auf dem Kasten geschlafen.

Ragotte: So so, schau einer an! Es macht mir Freude, daß ich dich ein bißchen traurig gemacht habe.

Und zum ersten Mal seit dem Tod des kleinen Joseph lächelt Ragotte.

»Armer Philippe, ohne dein altes Mädchen könntest du nicht leben.«

Philippe hebt die Schultern.

Ragotte überkommt von neuem der Schmerz.

Sie verbringt einen ganzen Abend damit, ihren Fingerhut und ihre Brille zu suchen.

Sie geht nach draußen; mitten auf dem Hof vergißt sie, was sie will, bleibt stehen, geht ins Haus zurück und setzt sich hin, bis es ihr wieder einfällt.

Sie ist nicht mehr bei sich. Es ist Nacht, als wir von einem Spaziergang zurückkommen, und, die Hände auf dem Bauch gefaltet, sagt sie zu uns:

»Brauchen Sie eine Lampe?«

Und wenn man zu ihr sagt: »Ragotte, machen Sie Feuer!«, antwortet sie mit Grabesstimme: »So ist er denn tot?«

Sie ist die ganze Nacht herumgegangen wie vier Erbsen in einem Topf.

So aufrichtig ist ihr Wunsch, tot zu sein, daß sie sich kaum noch vor dem Gewitter fürchtet.

Sie wird vergeßlich. Die Worte kommen nur Silbe für Silbe über ihre Lippen, verzerrt, wie aus dem Mund eines Kindes.

Sie sagt nicht eine Bluse kürzen, sondern Blse krzen.

Sie ist nur noch dazu gut, neben dem Feuer einzuschlafen und es ausgehen zu lassen.

Die Asche zieht sie an.

Wird sie bald sterben? Wir warten.

»Man stirbt, wenn man den Marschbefehl erhält«, sagt sie, seit Paul Soldat ist. »Wenn der eintrifft, gibt es kein Zurück mehr; man muß gehen.«

Der Marschbefehl ist noch nicht eingetroffen.

Für Luciennes Hochzeit beginnt Ragotte wieder zu leben.

III
LUCIENNE

Ragotte muß sich eine Haube kaufen, die sie erst am Tag der Hochzeit tragen wird. Wird ihr Paul rechtzeitig heiraten, so daß sie die Haube noch einmal aufsetzen kann?

Marius, der Schwiegersohn, kommt morgen zum ersten Mal. Wird er hier übernachten?

»Stehen Sie mir bei, Madame«, sagt sie zu Gloriette. »Ich werde alles tun, was Sie wollen. Wenn ich nicht weiter weiß, werde ich Sie fragen. Sie werden wie eine Mutter sein.«

Ragotte weiß endlich, was sie Marius zu Mittag kochen wird.

Nach der Suppe wird sie Eier in die Pfanne schlagen.

Sie legt ihm auch eine Baumwollmütze bereit.

»Wir sind hier nicht in der Stadt«, sagt sie mit ihrem kleinen, bescheidenen Stolz; »auch mir fiele es nicht schwer, alles recht zu machen, wenn ich alles hätte, was nötig ist.«

RAGOTTE: Ach, die Eltern deines Zukünftigen werden nicht kommen, das ist zu weit weg.

LUCIENNE: Das glaubst aber nur du! Weil du dich nicht traust, in die Eisenbahn zu steigen, bildest du dir ein, die anderen hätten auch nicht den Mut dazu. Schau lieber, daß du deinen Wollstrumpf umdrehst. In Marius' Heimat dauert eine Hochzeit drei Tage!

Und Lucienne hört nicht auf, Ragotte Steine in den Weg zu legen.

»Du bist unfähig, mir die Schuhe zu putzen, rechtzeitig wecken wirst du mich auch nicht!«

»Lucienne tut unrecht, so grob mit ihrer Mutter zu sprechen«, sagte Gloriette zu Philippe.

»Nun ja, Madame«, antwortet Philippe, »ich sage nichts, weil sie zu mir nichts sagt. Wenn sie zu mir so sprechen würde, hätte ich ihr bald das Maul gestopft!«

»Ich sehe ihr alles nach, weil sie fortgehen wird, wie der andere.«

»Welcher andere? ... Ach so.«

»Nie hat mein kleiner Joseph mich gekränkt; dazu war er von seiner Herrschaft zu gut erzogen. Eines Tages, als er Lust auf ein in der Asche gekochtes Ei hatte, habe ich ihm das Ei auf unserem kleinen Tisch vorgesetzt. Er ißt es und legt die Schalen, wie es sich gehört, neben sich und will die Brotkrümel vom Boden aufheben. Ich sage zu ihm: ›Laß doch, mach dir die Hände nicht schmutzig! Dein Bruder und deine Schwester sind längst nicht so umsichtig wie du, und du bist ganz bestimmt nicht so schmutzig wie sie.‹«

Aber Ragotte stürzt davon: Hier, ein Korb Eier und das Mehl für die Brioches!

»Wie einen diese beiden Ferkel auf Trab halten!« sagt sie.

So nennt sie die Brautleute.

Die Familie von Marius Carol reist aus dem Süden an, der Vater, die Mutter und ein Bruder, der bei den Soldaten ist und aus dem Manöver eine Kolik mitbringt, die sich gewaschen hat.

Sie sind die ganze Nacht gereist, und niemand erwartete sie am Bahnhof.

Philippe verließ sich auf Lucienne, die sich auf Paul verließ, der nicht mehr daran gedacht hatte.

Die Carols sind mit Paketen beladen. Man eilt nicht auf sie zu, um sie ihnen abzunehmen. Ragotte sitzt in einer Ecke des Hofs und rupft Hühner. Philippe nagelt Leintücher und Laub an die Wand der Scheune, in der die Hochzeit stattfinden wird.

»Philippe«, sage ich, »vielleicht ist es jetzt an der Zeit, Ihre neue Familie zu begrüßen.«

»Ja, Monsieur.«

»Bewegen Sie sich! Gehen Sie doch!«

Ich muß ihm einen Stoß versetzen und ihm den Hammer aus der Hand nehmen. Ragotte entschließt sich, aufzustehen.

Mittelfrankreich und Südfrankreich treffen aufeinander und vermischen ihre Akzente.

M. Carol mildert den seinen ein wenig, Philippe aber bleibt bei seinem Alltagsdialekt.

M. Carol ist nach der Art seiner Heimat gekleidet. Unter der Weste sieht man einen Gürtel aus blauem Flanell. Unter einem breiten Filzhut trägt er die unbescheidene Haltung seiner Heimat zur Schau. Er ist beim Brücken- und Straßenbau. Mme. Carol könnte man wegen ihrer Haube für eine Frau aus Arles halten. Im Vergleich dazu wirken die Philippes unscheinbar. Philippes alte Hose bleibt offen. Ragotte steht da wie eine arme, verstörte Magd.

»Also ich«, sagt Philippe, »ich geh' wieder an meine Arbeit.«

Die Carols bleiben wie angewurzelt mitten im Hof stehen.

Da sie aus dem Süden kommen, haben sie einen Korb Trauben mitgebracht. Ragotte stellt ihn sofort in die Sonne, auf eine Bank. Die Wespen lassen nicht auf sich warten und summen darum herum. Mit gefalteten Händen denkt Ragotte nach und fragt sich, ob sie nicht eine Zeitung darüber ausbreiten müßte.

»Sie haben die ganze Arbeit, Monsieur Philippe, können wir Ihnen behilflich sein?«

Die Überraschung hindert Philippe an einer Antwort. Sollte dieser Herr etwa einen Nagel einschlagen können?

Der Soldat hat eine Idee: zwei Girlanden aus den vier Ecken würden sich unter dem Scheunengewölbe kreuzen!

Aber es ist eine Idee, die wir, Philippe und ich, bereits hatten. Kein Erfolg. Schweigen.

M. Carol beharrt darauf und bietet wieder seine Hilfe an.

»Nicht nötig«, sagt Philippe.

»Machen Sie besser einen Spaziergang«, sage ich, »schauen Sie sich den Garten an.«

Sie antworten: »Die Scheune wird sehr hübsch werden« und entfernen sich.

»Wir fühlen uns ein bißchen fremd hier«, gesteht M. Carol. »Wenn man die Gegend nicht kennt!«

Mme. Carol weiß nicht, wo sie sich aufhalten soll. Zwischen Ragottes Töpfen und Hühnern wiederholt sie:

»Ich störe Sie, ich störe Sie.«

»Oh, ich beachte Sie nicht«, sagt Ragotte.

»Meine Schwiegertochter scheint sanftmütig zu sein«, sagt M. Carol zu Gloriette.

Es ist nicht der Augenblick, das Gegenteil zu behaupten.

»Sie wird mit Marius machen, was sie will«, fügt M. Carol hinzu. »Sie heiratet nicht einen Mann, sondern ein Schaf.«

Ragotte hat nichts für sie vorbereitet. Sie dachte, sie würden erst am Hochzeitstag essen wollen.

»Sie kennen einander nicht einmal innerhalb ihrer Familie«, sagt Philippe. »Die Kinder sagen *Sie* zu Vater und Mutter.«

Zu Hause konnte Marius zwischen zehn Fräuleins wählen, die alle gut betucht waren, und eine davon besaß mehr als zwanzigtausend Francs! Aber Marius hat die arme Lucienne vorgezogen.

M. und Mme. Carol haben nichts dagegen eingewendet.

»Heirate sie, Kleiner!«

»Lucienne ist ein vernünftiges, ordentliches Mädchen«, sagt Gloriette.

»Und aufrichtig«, sage ich.

»Nicht wahr?« sagt Mme. Carol unsicher.

»Ja, Madame.«

»Hörst du«, sagt Mme. Carol zu M. Carol, »Monsieur bestätigt, daß Lucienne aufrichtig ist.«

»Ach.«

»Sehr aufrichtig, von Grund auf, in jeder Beziehung.«

»Wieviele Stellungen hatte sie?«

»Fünf oder sechs.«

»Und Sie glauben, daß . . .?«

»Ich bin sicher«, sage ich, als ob ich es wüßte.

»Wo ist das Haus der Philippes?« fragen mich M. und Mme. Carol.

»Das Haus der Philippes ist unseres. Sie sehen, daß sie bei uns leben, hier sind sie zu Hause.«

»Haben sie kein eigenes Haus?«

»Nein.«

»Ein Geburtshaus, ein Elternhaus; man hat doch ein Haus?«

»Sie hatten eins, es ist verkauft.«

»Na sowas!«

»Es war ganz klein und alt; es verfiel. Sie haben es über seinem Wert verkauft, an einen reichen Nachbarn. Eine günstige Gelegenheit.«

»Wo werden sie später wohnen, wenn sie einmal alt sind?«

»Weiterhin bei uns.«

»Und wenn Sie nicht mehr da wären?«

»Das ist unwahrscheinlich.«

»Es ist möglich.«

»Nach unserem Tod?«

»Verzeihen Sie! ... wenn sie Sie mutwillig verließen, von sich aus?«

»Dann würden sie sich natürlich anderswo etwas suchen. Man findet immer etwas, wo man sich einrichten kann.«

»Kein eigenes Haus!« wiederholt M. Carol.

»Wie merkwürdig!« sagt Mme. Carol.

Sie sehen einander etwas gekränkt und herablassend an, denn daheim besitzen sie ein eigenes Haus, Pferd und Wagen, dazu einen Weinberg, und sie verkaufen Freunden sogar Wein.

Ihr vornehmes Äußeres verwirrt Philippe keineswegs.

»Nehmen wir an«, erklärt er mir, »daß ich sie besucht hätte. Auch ich hätte mich zu diesem Anlaß feingemacht, und wie diese Leute hätte ich gesagt, daß wir Hausbesitzer sind. Aber ich glaube nicht, was sie erzählen, und ich bin fast sicher, daß sie nichts haben.«

Und er will nicht wissen, wie die Gegend heißt, aus der sie kommen.

PHILIPPE: Wir werden am Sonnabend zu Ihnen kommen.

DER PFARRER: Welche Zeremonie wünschen Sie?

PHILIPPE: Es lohnt sich nicht, soviel Geld auszugeben.

DER PFARRER: Samstags lese ich nie die Messe. Ich kann Ihnen bloß eine Trauung anbieten.

PHILIPPE: Oh, das genügt doch!

DER PFARRER: Es genügt. Es gibt eine Trauung für dreißig Francs und eine andere für neun Francs und ein paar Centimes.

PHILIPPE: Ich möchte lieber die für neun Francs.

DER PFARRER: Und ein paar Centimes. Sie wird nicht schlechter sein.

»Was mich am meisten stört«, sagt Philippe, »ist, daß ich mit Lucienne Arm in Arm zum Rathaus gehen muß. Aber auf dem Weg zur Kirche werde ich sie loslassen. Zwei Kilometer, ah, nein! Sie kann auch alleine gehen.«

Morgens um fünf am Hochzeitstag zieht er sein sauberes Hemd an und macht sich an die Vorbereitungen.

Ragotte wäscht sich in Jaunettes Stall und setzt ihre neue schwarze Haube auf.

Der Pate der Braut trägt in seiner Linken einen riesigen weißen Blumenstrauß mit breiten, roten, flatternden Bändern.

Der Süden kommt aus dem Staunen kaum heraus. Er hat nie etwas Lächerlicheres gesehen.

»Man könnte mir fünfzig Francs bezahlen«, sagt M. Carol zu mir, »und ich wollte nicht mit diesem Mann tauschen!«

»Ganz schön stolz wäre er!« sagt Philippe zu mir.

Alexandrine, Ragottes älteste Schwester, ist nicht gekommen; man hatte noch die Hoffnung, sie auf der Familienbank in der Kirche zu sehen. Nichts. Es sieht so aus, als hätte man, wie der Brauch es verlangt, zwei Besuche bei ihr abstatten müssen, den ersten, um die Heirat anzukündigen, den zweiten, um den Tag festzulegen.

»Es ist wahr, daß ich sie vernachlässigt habe«, sagt Ragotte ergeben. »Aber sie glaubt, ich könnte frei über mich verfügen. Sie macht immer Umstände, und man kann ihr kein Benehmen beibringen.«

Der Fiedler erwartet sie nach dem Ende der Messe, und sogleich beginnt er auf die bekannte Melodie jene anderen Worte zu singen:

»Sagt der Bräutigam:
Ich hab' sie! Ich hab' sie! Ich hab' sie!
Sagt die Frau:
Er ist gefangen, gefangen, der Trottel!«

Abgesehen von den Dutzenden von Brioches gibt es zwei Sorten von Küchlein: die Hosenträgerküchlein aus Grieß mit Krustenstreifen, die sich darauf wie Hosenträger kreuzen, und die Kräuterküchlein, die man Beinweh nennt.

Enttäuscht vergnügen sich die Carols untereinander, und ein Wort aus ihrer Heimat, mit ihrem Akzent betont, läßt sie in Gelächter ausbrechen.

Der Musiker hat bloß ein Auge und nur einen Zahn; es geht dennoch mühelos.

Man sagt, er habe mit seiner Geige mehr als hunderttausend Francs verdient.

Er wechselt die Melodie nur dann, wenn er den Platz wechselt.

Wenn er nicht spielt, ißt er. Er spricht wenig und verachtet die Tanzenden, nur mich nicht, der ich in meiner Jugend viel getanzt haben müsse.

»Sie sind gewiß Musiker«, sagt er.

»Nein.«

»Oh, das sieht man.«

»Finden Sie? Vielleicht.«

Aber nein. Aber nein. Immerzu lügen!

Der Branle

Zwei Mehlhändler von der Mühle, junge Männer, die nicht zu den Hochzeitsgästen gehören, tanzen eine Art *Bourrée*, die nicht so forsch ist wie die echte und *Branle* genannt wird.

Der Tanz ist gemessen und langsam. Er muß so alt sein wie das älteste Haus im Dorf. Sie tanzen in Holzschuhen. Man vernimmt das feine Geräusch des Holzes auf den

Fliesen, und die Schuhe berühren mit ihren Schnäbeln ganz leicht die roten Ziegel. Die beiden Männer tanzen fast an Ort und Stelle und lächeln nicht. Es ist eher eine Beschäftigung als ein Vergnügen; mitunter möchte man meinen, sie seien Priester. Gloriette nähert sich dem Jüngeren und bittet ihn, der Kleider der jungen Mädchen wegen, nicht zu rauchen. Er wirft seine Zigarette weg und tanzt mit den Händen auf dem Rücken weiter. Sein schwerfälliger Gegenüber runzelt die Stirn, als ob er wirklich mit dem Kopf arbeitete. Unter den Augen der anderen verspüren sie einen verschämten Stolz. Bald verschwinden sie und kommen wenig später zurück. Es schien ihnen angemessener, sich Leinenschuhe zu kaufen.

Nun ist es gar nicht mehr dasselbe.

Am Tag nach der Hochzeit wartet man auf die Vermählten, um sich an den Tisch zu setzen.

»Luciennes wegen sind wir zu spät dran«, sagt Marius.

»Natürlich«, sagt sie, »immer ist es meine Schuld.«

Zum Zeichen des Sieges trägt Marius den Hut auf dem Ohr.

»Lucienne, ziehen Sie den gestrigen Tag dem heutigen vor oder den heutigen dem gestrigen?«

»Es ist mir egal, es ging mir gestern gut, es geht mir heute gut.«

Die Nase in seinem Teller, verschlingt Marius sein Essen und sagt kein Wort.

Worüber denkt er nach?

Mélanie, eine von Ragottes Schwestern, war bereits am ersten Tag der Hochzeit gekommen, ihre Enkelin hütet die Kuh und kommt erst am nächsten Tag.

Äußerst vergnügt und ordentlich gekleidet taucht sie auf.

»Jetzt bin ich an der Reihe«, ruft sie, »jetzt bin ich an der Reihe!«

Aber die Hochzeit ist vorbei, und als sich die Kleine, deren Augen glänzen, mit wohlschmeckenden Speiseresten vollstopft, muß sie sich ganz allein am Tisch von Erwachsenen vergnügen, die bereits erschöpft sind.

Der Brautführer sammelt in einem Teller Geld für die Köchin, dann läßt er den Teller fallen, so daß er zerbricht. Die Anzahl Scherben ergeben die Zahl der Jahre, die die Brautjungfer bis zu ihrer Hochzeit warten muß.

Da Lucienne vierundzwanzig Jahre alt ist und man sie ganz leise nach dem Alter dieser Brautjungfer fragt, antwortet sie so laut sie nur kann:

»Dreißig!«

Auch Ragotte tanzt, oh! nicht am Hochzeitstag, am darauffolgenden Tag.

Sie ist früher eine gute Tänzerin gewesen. Ganz allein tanzte sie auf der Straße, bis sie fast ihr Schuhwerk verlor, und wenn sie wieder zu Hause war, war sie erschlagen, meine Herren, was war sie erschlagen!

Michel zieht sie am Arm und drängt.

Sogleich bildet man einen Kreis, um Ragotte beim Tanzen einer Bourrée anläßlich der Hochzeit ihrer Tochter zuzusehen; man sieht ihr zu, schweigend, wie im ernstesten Augenblick einer Feierlichkeit. Mit den Fingerspitzen hebt Ragotte ihren Rock ein wenig hoch. Die Beine beugen sich kaum, die Füße verlassen fast nie den Boden; sie wiegt den Körper nicht; nur der Kopf neigt sich nach rechts und nach links.

Ragotte, die sehr blaß ist, lächelt zunächst. Plötzlich hält sie inne, läßt Michel stehen und entfernt sich, gekrümmt, als verstecke sich ihr Kopf. Wir erraten, was sie hat. Sie hat sich unversehens an den Tod des kleinen Joseph erinnert. Sie weint vor Kummer und Reue und kehrt uns lange den Rücken zu.

Die Carols fühlen sich am Ende unwohl in ihrer Haut. Sie reisen diesen Abend ab, vor dem Ende der Hochzeit. Die Chalude sagt zu ihnen:

»Was! Sie gehen so früh?«

»Nun ja, man beachtet uns ja nicht!«

Der Süden hat es etwas eilig, was ihn nicht daran hindert, ergriffen zu sein.

M. Carol geht mit ausgestreckter Hand auf Gloriette zu.

»Wir begleiten Sie doch bis zum Bahnhof!«

»Das macht nichts, Madame, ich will Ihnen an dieser Stelle ein paar Worte sagen! Es liegt mir daran, Ihnen für Ihren Empfang zu danken, für Ihre ...«

Er kommt nicht darauf, er weint, er fängt sich gerade so weit, uns das Versprechen abzunehmen, sie zu besuchen.

»Eine Depesche«, sagt er, »und wir sind am Bahnhof! Mit dem Pferd! Seien Sie unbesorgt, es kennt den Weg.«

Wie oft wir es ihm auch versprechen, er lädt uns immer wieder ein. Ich beteuere, daß wir kommen werden, und beunruhigt berichtigt er sich sogleich:

»Oh, bei uns ist es nicht so gemütlich wie hier, aber wir

werden Sie aufnehmen, so gut wir können. Und Sie, Monsieur Philippe, lade ich ebenfalls ein; Sie müssen kommen.«

»Ich sage nicht nein.«

Der Zug wird abfahren. Man sieht die gegen das Fenster gepreßte Wange Mme. Carols, die weint, als regne es in den Waggon. Sie schwenken Taschentücher: Adieu! Adieu!

»Naja, zu früh ist es nicht«, antwortet Philippe.

Er ist unzufrieden:

Er findet, der Schwiegervater sei nicht korrekt gewesen. M. Carol hatte in einem Brief versprochen, die Hälfte der Unkosten zu bezahlen. Am Hochzeitstag läßt er durch Lucienne ausrichten, daß er seinen Teil, den seiner Frau und den des Soldaten bezahlen wird. Als die Stunde gekommen ist, da es ums Zahlen geht, verlangt er eine Rechnung. Da sie noch nicht fertig ist, gibt er fünfzig Francs.

»Das entsprach nicht meiner Rechnung«, sagt mir Philippe.

»Aber Sie haben es genommen.«

»Ja.«

»Wobei Sie sagten: ›Das ist zuviel‹.«

»Ich wollte ihm sogar auf seinen Fünfzigfrancschein herausgeben.«

»Warum? Wenn Sie doch sagen, daß er Ihnen mehr schuldete.«

»Genau! Ich sage zu ihm: ›Das ist zuviel!‹, weil ich ihm bedeuten wollte, daß es nicht genug war.«

»Das scheint mir eine äußerst delikate Angelegenheit.«

»Das jedenfalls war's, was ich wollte.«

Ragotte: Ich bin recht froh darüber, daß du verheiratet bist, Lucienne. Wenn mich die Langeweile packt, werde ich dich in Paris besuchen.

Lucienne: Setz dir bloß nicht diesen Gedanken in den Kopf! Bleib, wo du bist. In Paris wärst du unfähig, deinen Lebensunterhalt zu verdienen! ... Ist das alles, was du mir gibst?

Ragotte: Ich habe dir sechs Löffel, sechs Gabeln und sechs Teller gegeben.

Lucienne: Gib mir mehr Teller.

Ragotte: Ich kann nicht.

Lucienne: Gott, was bist du eigennützig!

Ragotte: Und Paul!?

Paul: Genau, und ich! Was bleibt für mich übrig? Wenn du alles nehmen willst, werd' ich dich schon zurückhalten!

Tatsächlich überwacht Paul die Kisten, und Philippe, der sie zunagelt, verkündet:

»Bringt mir nichts mehr! Ich zieh' die Nägel nicht mehr heraus!«

Lucienne schmollt.

»Seien Sie ein netter Mensch«, sagt Gloriette zu ihr.

»Ich bin ein netter Mensch«, sagt Lucienne geziert.

»Ist das auch Ihre Ansicht, Monsieur Marius?«

»Oh«, antwortet Marius, »ich hab' noch nicht geguckt.«

»Ach, was mich das Zeit kostet«, sagt Philippe, »seit heute morgen ihre Kisten zuzunageln, während die Bohnen in Ihrem Garten warten.«

»Einerseits«, sagt er, »bekümmert es mich, Lucienne weggehen zu sehen, aber andererseits bin ich nicht traurig darüber.«

Ragotte sagt zärtlich zu Lucienne:

»Du kannst noch so verheiratet sein, es ist kein Grund, in Zorn zu geraten.«

»Niemand kennt sich, solange einander die Menschen nicht gegenüberstehen«, sagt sie, »und seine Ansprüche muß man herunterschrauben.«

»Der Floh wird dich hinterm Ohr pieksen, Lucienne. Es gibt nichts besseres für den Halt einer Frau als einen Mann! Ich habe mehr als eine gesehen, die die Ehe auf den Boden zurückgebracht hat.«

»Eine Heirat ist nicht wie ein Rindermarkt.«

Im Augenblick des Abschieds sagt Philippe dann doch zu Marius und Lucienne:

»Da ihr nicht reich seid, können wir euch im Herbst einen Sack Kartoffeln schicken.«

»Nicht schlecht«, sagt Lucienne.

Die Philippes haben am ersten Tag des Jahres eine Jungvermähltenkarte erhalten, eine sogenannte Visitenkarte, auf der die Namen *Monsieur und Madame Marius Carol* gedruckt sind.

Nicht ein Wort mehr, aber es war genug, und Ragotte hat gesagt: »Es fehlt ihnen an nichts.«

IV
P A U L

Wütend tritt Paul bei Ragotte ein.

Nun denn – zum anderen ihrer Kinder!

PAUL: Warum hast du mir heute morgen meine Suppe nicht gebracht?

RAGOTTE: Ich wußte nicht, ob du heute arbeitest.

PAUL: Du weißt genau, wann man trinkt, du weißt nicht, wann man arbeitet!

RAGOTTE: Du hast mir nicht gesagt, wo du arbeiten würdest.

PAUL: Am Kanal, im Hafen; das ist einfach genug zu erraten!

RAGOTTE: Bei welchem Stapel? Immer muß man suchen. Die Träger machen sich über mich lustig. Sie weichen aus, wenn ich sie frage: ›Habt ihr Paul gesehen?‹ Und ich laufe von Stapel zu Stapel. Aber deine Suppe ist fertig, du kannst sie essen.

PAUL: Ich will nichts mehr von deiner Suppe.

RAGOTTE: Laß es bleiben, mein Junge!

PAUL: Und ich verbiete dir, mir morgen und an den folgenden Tagen Suppe zu kochen. Ich verbiete es dir, ich verbiete es dir!

RAGOTTE: Du brauchst es nicht so oft zu wiederholen, ich habe verstanden.

PAUL: Ich krieg' Suppe im Wirtshaus.

RAGOTTE: Du bist unabhängig; du wirst sehen, was das kostet.

PAUL: Ich kann es mir leisten, und sie wird besser schmecken.

RAGOTTE: Da du nicht mehr bei mir essen wirst, werd'

ich das Haus, in dem du wohnst, nicht mehr saubermachen; schließ' deine Tür.

PAUL: Sie ist abgeschlossen.

RAGOTTE: Zieh' den Schlüssel ab.

PAUL: Er ist in meiner Tasche.

RAGOTTE: Zwischen uns ist es aus, aber wenn du ein Stück Brot brauchst . . .

»Ich habe mehr Geld als du«, sagt Paul, schon draußen.

»Das hat er mir ins Gesicht gesagt«, sagt Ragotte, »weil ich ihn ganz schön getroffen habe.«

Sie streicht um Pauls Haus und schaut durchs Fenster. Sie hat heute auf seinem Tisch ein angeschnittenes Brot, einen Käserest und eine leere Literflasche gesehen; was beweist, daß er nicht sämtliche Mahlzeiten im Wirtshaus einnimmt, wie er es gesagt hatte, und daß es ihm lästig ist.

Paul, dem sie auf die Nerven geht, schließt die Läden, wenn er zur Arbeit geht.

Zuerst ist sie froh darüber, kein Essen mehr zubereiten zu müssen, auch für Philippe nicht, der oft essen wird, was er am liebsten mag, Brot mit Salzgurken.

»Ragotte und Paul«, sagt Philippe, »haben einander die Köpfe gewaschen, aber keiner kommt ohne den andern aus. Sie suchen sich schon wieder.«

»Stell dir vor, er kocht seine Suppe selber!« sagt Ragotte.

»Muß er es nicht lernen?« antwortet Philippe.

»Ach, du bist hart, aber eine Mutter! Ich erinnere mich, Madame, daß ich am Tag, bevor Paul zur Welt kam, noch am Fluß gewaschen habe. Wie undankbar er ist! Es gibt so wohlerzogene Kinder.«

»Du hättest deinen Paul wie die von Madame erziehen müssen!« sagt Philippe.

»Ratschläge geben kann jeder«, entgegnet Ragotte.

Philippe verstummt.

»Er wird zurückkommen«, sagt Gloriette, »nach der Lektion.«

»Er spürt, daß er einen Fehler gemacht hat, Madame, und er traut sich nicht mehr zu erscheinen, vor Ihnen. Na, ich an seiner Stelle würde mich schämen, ich käme nicht zurück.«

»Da wir einander nicht mehr kennen«, sagt Philippe, »dürfen wir nichts aus Pauls Garten nehmen.«

Die Chalude, ihre Nachbarin, nutzt die Gelegenheit; sie läßt den Kohl und die Karotten nicht verkommen.

»Hat er etwas zu Ihnen gesagt?« fragt Ragotte die Chalude.

»Nein.«

»Spricht er mit Ihnen nicht über mich?«

»Oh, nein.«

»Nicht im Schlechten und nicht im Guten?«

»In gar nichts, arme Ragotte. Er schafft Sie sich ganz einfach vom Hals! Er ist wie die andern Kinder.«

So war es mit dem Tod des kleinen Joseph nicht genug, Ragotte muß unter den Lebenden leiden.

Der kleine Joseph auf dem Friedhof, ihre Tochter Lucienne verheiratet, Paul beleidigt, nun hat sie nur noch ihren Prinzipal. Sie setzt sich neben ihn und schaut ihm zu, wie er die Zwiebeln jätet. Das ganze Jahr, in dem Paul geboren wurde, kommt ihr wieder in den Sinn. Dreißig Jahre ist es her, daß sie ihm Tag für Tag auf die Welt verhalf. Die Ernte war damals sehr viel weiter fortgeschritten als dieses Jahr.

»Wenn sie klein sind«, sagt sie, »biegt man sie mit einem Fußtritt auf der einen, einer Ohrfeige auf der anderen Seite zurecht; wenn sie groß sind, ist es mit dem Einfluß vorbei.«

Indes legt sie ihm wie gewöhnlich sein Hemd für die Woche bereit; er holt es nicht ab.

»Dann kümmere dich nicht mehr darum«, sagt Philippe. »Hast du nicht gesehen, wie er gerade in einer schönen weißen Hose aus dem Haus gekommen ist?«

»Dieses Individuum glaubt, er sei, in seiner ganzen Armseligkeit, sauber«, sagt Ragotte gedemütigt.

Von der Chalude weiß sie, daß er sich nie die Mühe nimmt, sein Bett zu beziehen und daß ihm ein Stück Quark für eine Woche reicht.

Paul wird uns für seine achtundzwanzig Tage Militärdienst verlassen. Wird er kommen, um sich bei ihnen zu verabschieden? Bis jetzt meidet er Vater und Mutter, und jedesmal, wenn er Philippe begegnet, weicht er aus. Endlich, am Tag vor der Abreise, holt Philippe ihn auf der Straße ein:

»Brauchst du nichts?«

Paul: Warum machst du dir darüber Sorgen?

Philippe: Wenn du kein Geld hättest, würde ich dir welches geben.

Paul: Ich habe Geld.

Philippe: Du wirst vielleicht am Manöver teilnehmen.

Paul: Ich werde tun, was man mir zu tun befiehlt.

Etwas später betritt Ragotte, die es nicht mehr aushält, sein offenstehendes Haus.

»Da du weggehst«, sagt sie, »schaue ich nach, ob du deine Sachen beisammen hast.«

»Ich hab' nicht nachgesehen.«

»Soll ich sie dir packen?«

»Es ist nicht der rechte Augenblick.«

»Er kann sich nicht vorstellen«, fügt Ragotte hinzu, »welche Freude es für mich gewesen wäre, wenn er mir etwas aufgetragen hätte. Hätte er nur zu mir gesagt: ›Mach mein Bett!‹ Aber nichts! Da ich ihm meinen Kummer nicht zeigen wollte, habe ich ihm den Hintern zugedreht und bin hinausgegangen.«

Am Abend machen sie einen letzten Versuch.

»Gehst du hinauf?« fragt Ragotte.

»Geh du hinauf, wenn du willst«, antwortet Philippe.

»Wie soll ich ihm das beibringen?«

»Biet' ihm hundert Sous an, aber dräng' ihn nicht. Wenn er sie ablehnt, bring' sie zurück.«

Ragotte braucht sich nicht die Mühe zu machen, soweit vorzudringen; sie bemerkt den Eselskarren, auf dem Paul davonfährt. So mußte er also heute abend fort und nicht morgen früh? Sobald Paul, ohne einen Blick zurückzuwerfen, verschwunden ist, säumt Ragotte nicht, Philippe die hundert Sous zurückzugeben.

Vielleicht handelte es sich bloß um eine Besorgung! In der Nacht setzt sie sich auf und hört das Geräusch von Schritten, die näherkommen.

»Es ist Paul, es ist Paul!«

Nein, er ist tatsächlich weggegangen, wie ein Waisenkind.

Philippe tröstet sie leise.

»Bist du jetzt davon überzeugt«, sagt er, »daß sich dein Paul einen Dreck um dich kümmert?«

Sie weint; ihre Augen bleiben geschwollen.

»Man muß um die Toten und um die Lebenden weinen«, sagt sie.

Als hätte sie Angst vor dem, was sie soeben gesagt hat, berichtigt sie sich:

»Es ist aber doch weniger hart, um die Lebenden zu weinen. Früher oder später kann man sie wiedersehen.«

Frau Merlin, deren Sohn ebenfalls seinen Militärdienst absolviert, sagt boshaft zu Ragotte:

»Haben Sie Nachrichten von Paul?«

»Nein«, sagt Ragotte, »ich habe keine, und ich erwarte keine.«

»Oh, ich hab' welche von Emile«, sagt Frau Merlin. »Er hat uns geschrieben, und er sagt in seinem Brief, daß er uns wieder schreiben wird.«

Ragotte macht die Wäsche, die sie in Pauls Haus findet.

»Du bist zu nachsichtig«, sagt Philippe.

»Es ist nicht wegen Paul, es ist wegen der Wäsche, die Schaden leidet. Die Hose war steif vor Schmutz, und die Hosenzipfel waren aufgestellt wie des Teufels Ohren! Ich konnte sie nicht in diesem Zustand lassen; na, danach ist es aus, ich werde nichts mehr anfassen.«

»Aber Ragotte«, sagt Gloriette zu ihr, »dieses Wäschepaket befand sich im Haus.«

»Ja, Madame.«

»Und der Schlüssel?«

»Den hab' ich.«

»Hat er ihn Ihnen denn zurückgegeben?«

»Oh, nein, er tat, wie es bei uns üblich ist. Der letzte, der hinausgeht, schließt die Tür ab, legt den Schlüssel aufs Fensterbrett, in die Ecke, und stößt die Fensterläden bloß zu. Er hakt sie nicht ein. Man weiß es, man braucht nur die Läden zu öffnen und den Schlüssel zu nehmen.«

Keine Postkarte!

Wer wird sie benachrichtigen, wenn Paul etwas zustößt? Wird sie, wie man sagt, von seinem Tod früher als von seiner Krankheit vernehmen? Wie wird dieser Streit enden? Wird sich Paul, nach den achtundzwanzig Tagen, wieder an Ragottes kleinen Tisch setzen, versöhnlich und hungrig, als käme er aus einem entlegenen Krieg zurück? Es ist möglich, aber er ist ein Dickschädel.

Nachdem die vier Wochen um sind, kommt er zurück und besucht sie nicht; dabei wäre das eine gute Gelegenheit gewesen!

Ragotte weiß, daß er mit Schnupfen weggegangen ist, mit Schnupfen im Manöver war und mit Schnupfen heimkehrt.

Sie hatte gesagt: »Na, ich geh' nicht hin und wasche ihm seine Militärsachen! Gibt er sie mir, wasche ich sie von Herzen gern, aber wenn er erwartet, daß ich die Wäsche hole . . .!«

Und da er sie nicht bringt, geht sie sie holen. Sie findet Paul im Bett, das Gesicht zur Wand.

»Bist du denn krank?«

»Ja.«

»Brauchst du irgendwas?«

»Nein.«

»Soll ich dir ein Glas Glühwein machen?«

»Ich will keinen.«

Er dreht sich nicht einmal um. Weder Guten Morgen noch Guten Abend!

»Lassen Sie ihn, Ragotte«, sagt Gloriette aufgebracht. »Sie werden sich schließlich ins Unrecht setzen, Sie machen sich so viele Sorgen um einen schlechten Jungen, der es nicht mehr verdient.«

»Sie haben recht, Madame. Wenn ein Unglück geschieht, werde ich mir nichts vorzuwerfen haben.«

Sie sagt nicht, daß sie das Paket mit der Militärwäsche mitgenommen hat, während Paul ihr bloß den Rücken zuwandte. Sie wäscht sie und breitet sie auf Pauls Gartenzaun aus. Er wird sie einsammeln, wenn es ihm beliebt.

Paul ist ernstlich erkrankt, und mit dem Schnupfen kommt das Fieber. Er kann sich nicht einmal mehr bewegen, weil ihm seit sechzehn Stunden ein Zugpflaster Schmerzen bereitet. Ragotte, von der Chalude unterrichtet, besucht ihn von neuem, stellt ihm dieselben Fragen.

»Brauchst du nichts?«

»Nein.«

»Soll ich Feuer machen?«

»Nicht der Mühe wert.«

»Aber«, fügt Ragotte hinzu, »das sagt er ganz leise. Er wird nicht böse und dreht sich nicht mehr absichtlich auf die andere Seite.«

Gloriette geht hinauf.

»Ein Zugpflaster läßt man höchstens acht Stunden auf der Haut, Paul. Wo haben Sie es her?«

»Vom Apotheker.«

»Ohne Rezept?«

»Ich war nicht beim Arzt.«

»Wer hat es Ihnen aufgelegt?«

»Der Apotheker.«

»Ohne Erklärung?«

»Wenn ich es abnehme, soll ich statt dessen eingeöltes Papier aufkleben, sagte er.«

»Haben Sie Papier?«

Paul zeigt ihr ein altes Stück Seidenpapier, in welches Kerzen eingewickelt waren.

»Und Öl?«

»Hab ich keines.«

»Wer wird Ihnen das Zugpflaster abnehmen?«

»Ich.«

»Genau, Sie! Ein armer, verlassener Mensch, auf die Gefahr hin, sich eine Verletzung zuzuziehen. Hören Sie, Paul, wir werden versuchen, es vorsichtig zu entfernen, dann einen ausgekochten Breiumschlag aus Leinschrot auflegen und danach die Haut aufstechen. Wir werden Sie pflegen, Ragotte und ich; ich werde Ragotte holen.«

Paul antwortet mit einem Murren.

»Paul, lassen Sie sich von Ragotte pflegen! Sie dürfen nicht mehr beleidigt sein. Sie hat ihre Schwächen, wie alle alten Mamas, aber Sie sind der einzige Junge, der ihr geblieben ist, und sie liebt Sie von ganzem Herzen. Sie dürfen ihr nicht länger Kummer bereiten. Ich werde sie mitbringen.«

»Meinetwegen«, sagt Paul.

Wegen seines Schnupfens röchelt er es mehr, als daß er es sagt, fast unhörbar. Gloriette sieht, wie sich das Laken über der Brust bewegt. Er weint; aus Rührung oder weil das Zugpflaster so zieht.

Paul läßt auf dem Kaminsims eine ganze Liebesgeschichte in Ansichtskarten herumliegen.

Auf der einen würde Ragotte lesen, wenn sie lesen könnte, und Gloriette, wenn sie neugierig wäre:

»Find' erst mal 'ne hübschere als die da! Und man sagt, ich sehe ihr ähnlich!«

Auf einer anderen:

»Ich liebe dich ebenso von fern wie in der Nähe.«

Auf dieser hier trägt eine kleine Frau, die sich gerade ankleidet, nichts als ihre Strümpfe und ihr durchsichtiges Unterhemd. Man sieht den Ansatz ihrer Brüste und errät das übrige. Die Absenderin hat zu Füßen der Schönen: »Bewundere und verstehe!« hingekritzelt.

Auf der da erblüht eine gelbe Rose, und unter dem Namen dieser Rose, die der Verleger *Untreue* nennt, steht in schwarzer Tinte:

»Man hat es geahnt!«

Gloriette kommt in Begleitung Ragottes zurück und hebt das Zugpflaster hoch.

»Die Chalude reißt sie mit einer einzigen Bewegung weg«, sagt Ragotte zitternd.

»Mitsamt der Haut?«

»Ja, natürlich, komme, was da wolle.«

»Ich habe Ihnen doch nicht weh getan?« fragt Gloriette.

»Nein, Madame, ich habe nichts gespürt.«

»Ragotte wird bei Ihnen bleiben.«

»Oh, Madame, oh Madame«, sagt Ragotte ganz leise, die Hände gefaltet, »was tun Sie mir da für einen großen Gefallen! Seit einem Monat habe ich nicht mehr geschlafen.«

Sie läßt sich bei Paul nieder. Er sagt nichts, und sie redet zuviel.

»Ach, wie das kochen muß, so ein Zugpflaster! Wie mutig du bist! Ich könnte das nicht aushalten, ich würde schreien.«

Paul wird die Geduld verlieren, sie schweigen heißen oder aus dem Bett springen und sie vor die Tür setzen. Aber er hegt keinen Groll mehr.

»Er ergibt sich«, sagt Ragotte, »ich wußte ja, daß er sich Ihnen ergeben würde, Madame Gloriette. Er hat sich ergeben. Er spricht, heute morgen hat er gesprochen.«

»Was hat er zu Ihnen gesagt?«

»Er hat mich gefragt, ob die Milch, die auf dem Herd stand, nicht gerinnen würde. Ach, er ist ein herzensguter Mensch, aber eine schlechte Frau richtet ihn zugrunde.«

»Welche Frau?«

»Ich will Ihnen nicht von dieser Frau erzählen, ich würde Ihnen den Respekt versagen müssen. Wie auch immer, er spricht! Ich bestehe nicht mehr darauf, daß er seine Mahlzeiten bei mir zu sich nimmt. Im Gegenteil, ich bin entlastet. Soll er essen, wo es ihm gefällt, wenn er nur spricht. Ich werde ihm sein Haus sauber halten, wenn er spricht, und ich werde seine Wäsche waschen, aber er muß sprechen!«

Es ist der Abschluß, und alle kommen auf ihre Rechnung. Ragotte würde am liebsten tanzen; Gloriette beglückwünscht sich, ein Zugpflaster entfernen zu können, ohne blaß zu werden.

Allein Philippe hielte sich lange ferne, wenn Ragotte nicht plötzlich eine gute Idee hätte.

Heute morgen bringt sie Paul die Suppe und fragt nach seinem Befinden.

»Es geht gut«, sagt Paul. »Könntest du mir zwanzig Sous borgen?«

»Aber ja, mein Junge; wozu?«

»Um mit der Eisenbahn in die Stadt zu fahren. Ich hab' Geld beim Meister, an die hundert Francs, aber ich mag sie lieber nicht vor Monatsende verlangen.«

»Ich hab' die zwanzig Sous nicht in der Tasche«, sagt Ragotte, »ich hol' sie schnell.«

Sie hatte sie bei sich, aber in diesem Augenblick kam ihr die Idee.

Sie findet Philippe im Garten. Wie Paul hat auch er ein gutes Herz und ist noch dickköpfiger; ohne einen Vorwand sähe er ihn nicht wieder.

»Paul braucht zwanzig Sous«, sagt Ragotte. »Die kann man ihm nicht abschlagen, also bring' sie ihm.«

»Kannst du sie ihm nicht selber bringen?«

»Hab' ich Zeit?«

»Nimm sie dir.«

»Nein. Madame ruft mich, ich muß auf der Stelle hinaufgehen. Bring' dem Jungen die zwanzig Sous. Der Zug kommt um halb zehn vorbei; es eilt, geh schnell!«

Ungeschickt und bewegt macht Philippe sich eilig auf den Weg.

»Ich habe gelogen«, sagt Ragotte zu Gloriette, »Sie hatten mich nicht gerufen. Es gilt für ein anderes Mal. Fürchten Sie sich nie, mich zu stören. Es macht mir soviel Freude, Ihnen auf irgendeine Art nützlich zu sein.«

Wird Paul seine Mahlzeiten wieder bei Ragotte einnehmen? Niemand rechnet mehr damit.

Er kommt ganz von alleine, eines Tages, als sein Hemd naß ist und sein Feuer nicht angeht. Er tritt bei Vater und Mutter ein, die nichts sagen, aus Angst, sie könnten ihn in die Flucht schlagen, und brummelnd setzt er sich hin, den Rücken zum Kamin, in dem ein Bündel Reisig knistert.

Da es Essenszeit ist, schiebt ihm Ragotte auf dem kleinen Tisch einen Teller, ein Glas, das Brot und eine dampfende Platte hin.

Paul bedient sich, zunächst aus einiger Entfernung, dann nähert er sich ein wenig.

V
RAGOTTE UND DER ARME

»Es klingelt, Ragotte!«

»Ja, Madame«, sagt Ragotte, die sich ohne Eile entfernt, um die Hoftür zu öffnen.

Sie öffnet sie halb und sagt:

»Madame, es ist ein Armer.«

»Warten Sie«, antwortet Gloriette, »ich werde Ihnen zwei Sous in einem Stück Papier aus dem Fenster werfen.«

Ragotte sagt: »Gut, Madame!« und wartet mit dem Armen. Er ähnelt allen Armen der Straße. Es steht einem frei, ihn für sehr armselig zu halten oder mißtrauisch zu sein und zu sagen, daß er mindestens Millionär ist.

DER ARME: Guten Tag, Madame Ragotte, erkennen Sie mich wieder?

RAGOTTE: Ja, ich habe Sie an Ihren Füßen, unter der Tür, erkannt. Sie sind schon mehrere Male gekommen.

DER ARME: Ich komme jedes Jahr. Ihre Herrschaft ist nicht fort?

RAGOTTE: Nein.

DER ARME: Ach, ich fürchtete schon. Letztes Jahr bin ich zu spät vorbeigekommen.

RAGOTTE: Ich erinnere mich.

DER ARME: Sie waren nach Paris zurückgekehrt; mein Besuch war umsonst.

RAGOTTE: Wenn die Herrschaften weg sind, gibt's nur noch mich und meinen Alten ...

DER ARME: Herrn Philippe?

RAGOTTE: Na, Herr Philippe ... schöner Herr! ... Und wir können nichts geben.

DER ARME: Natürlich.

RAGOTTE: Wir sind kaum reicher als Sie.

DER ARME: Oh, ich verstehe. Ich hätte mich letztes Jahr bloß beeilen müssen wie dieses Jahr. Ich bin den kürzesten Weg gegangen ... Ach ... Ihre gnädige Frau hat gerade etwas heruntergeworfen.

RAGOTTE: Ich hab' es nicht gehört; Sie haben ein feines Gehör.

DER ARME: Die Gewohnheit! Schauen Sie, da, mitten im Hof; es ist weiß.

RAGOTTE: Madame Gloriette gibt immer, und ich wette, daß in dem Papier zwei Sous und nicht nur einer sind.

DER ARME: Ja, das fühlt man zwischen den Fingern.

RAGOTTE: Madame führt niemanden hinters Licht.

DER ARME: Danke, Madame Ragotte. *(zum Fenster.)* Danke, Madame!

RAGOTTE: Sie haben einen famosen Geldbeutel.

DER ARME: Er ist schön groß; wenn der voll wäre! Ich reibe mein Geld nicht allen Leuten unter die Nase, das wird schlecht vermerkt; aber bei Ihnen hab' ich keine Bedenken.

RAGOTTE: Ziehen Sie das Geld dem Brot vor?

DER ARME: Brot ist schwer zu tragen; man kann nicht alles auf ein Mal essen.

RAGOTTE: Wären Brioches Ihnen lieber?

DER ARME: Dann und wann, aber ich komme nicht in die Verlegenheit, Leckereien zurückweisen zu müssen.

RAGOTTE: Wenn Sie früher gekommen wären, hätte ich Sie mit Küchlein vollgestopft. Ich habe diesen Sommer meine Tochter Lucienne verheiratet.

DER ARME: Ich gratuliere Ihnen.

RAGOTTE: Und zwar gut verheiratet, mit einem jungen

Mann aus Paris, einem Chauffeur, der im ersten Eisenbahnwagen reist und ein schönes Geld verdient. Die Hochzeit hat drei Tage gedauert.

Der Arme: Ich konnte es nicht voraussehen. Sie haben mehrere Kinder?

Ragotte: Zwei: meine Tochter und Paul, mein Ältester; den Jüngsten habe ich diesen Winter verloren.

Der Arme: Verzeihen Sie mir.

Ragotte: Ach, Sie bringen mich nicht zum Weinen. Als ich meine Tochter verheiratete, lachte und weinte ich; all das macht müde, all das macht alt. Ich fühle mich nicht mehr wie früher; das Leid packt mich, fesselt mich an einem Tag ans Bett und läßt mich wieder los; aber man stumpft ab, man nähert sich dem Ende.

Der Arme: Hier rackern Sie sich nicht sonderlich ab, oder?

Ragotte: Ach nein, ich besorge die Tiere und wasche die Wäsche. Im Winter bleiben wir allein, untätig, zu untätig; dann kommt einem die Zeit lange und leer vor.

Der Arme: Diese Ecke hier ist nett, dieser Efeu!

Ragotte: Wir werden ihn schneiden, er zieht die Ratten an.

Der Arme: Sind sie anständig zu Ihnen?

Ragotte: Wer? Die Herrschaften? . . . Man kann sich nicht beklagen.

Der Arme: Na, um so besser! Auf Wiedersehen, Madame Ragotte! Bleiben Sie gesund! Bis zum nächsten Jahr!

Ragotte: Zur gleichen Zeit, Ende September?

Der Arme: Spätestens, um sie nicht zu verpassen. Es ist angenehm, wenn man in nicht allzu weiter Entfernung von der Landstraße ein Haus kennt, das so sicher ist wie das Ihre.

VI
DAS GLAS WASSER

An einem heißen Tag im Juli trinke ich, im Schatten sitzend, ein Glas Wasser aus unserem Brunnen. Philippe betrachtet mich mit respektvollem Wohlwollen.

»Es ist angenehm«, sagt er, »zuzusehen, wie Sie das trinken.«

»Ja, ich mag dieses klare Wasser; und Sie?«

»Ich ziehe den Wein vor.«

»Ein Glas Wein schmeckt gut, Philippe, wenn die Flasche aus dem Keller kommt; er ist weniger kühl als ein Glas Wasser aus dem Brunnen.«

»Ja, Monsieur, das Wasser da ist frisch.«

»Es löscht den Durst.«

»Es ist sogar eher zu kühl.«

»Sie trinken nie davon.«

»Trotzdem kann ich sagen, daß es kalt ist.«

»Haben Sie es probiert?«

»Nein, aber ich habe es berührt.«

»Wie das?«

»Ich bin in den Brunnen gestiegen.«

»Wann, Philippe?«

»Heute morgen.«

»Ach? . . .«

»Philippe«, sage ich, nach einem weiteren Schluck, der kleiner ist als die anderen, »warum sind Sie hinuntergestiegen?«

»Um zu sehen, ob noch genügend Wasser übrig ist und ob der Brunnen es nicht nötig hätte, gereinigt zu werden, ob am Grund kein Dreck liegt.«

»Am Grund des Brunnens?«

»Ja, Monsieur. Der Brunnen hat kaum noch Wasser. In drei oder vier Tagen wird es daran fehlen, sofern kein starker Regen kommt. Was die Reinigung angeht, kann man warten, weil der Brunnen geleert werden müßte.«

»Der Grund ist sauber?«

»Ziemlich.«

»Sagen Sie mir, Philippe, wie sind Sie hinuntergestiegen?«

»Es gibt nur eine Möglichkeit: ich habe die große Leiter in den Brunnen gestellt.«

»Und Sie sind sehr weit hinabgestiegen?«

»So tief wie möglich.«

»Tiefer als der Kübel, wenn das Seil ganz ausgerollt ist?«

»Das Seil und ein Stück von der Kette.«

»Bis zur letzten Sprosse?«

»Nur bis zum Wasser; die untersten Sprossen waren unter Wasser.«

»Und dann?«

»Um mich zu vergewissern, daß sich nicht irgendwelche Sachen, verfaulte Blätter, abgelagert haben, habe ich im Wasser herumgetastet und es aufgewühlt.«

»Womit?«

»Mit meiner Hand. Es war eiskalt! Ich hätte nicht hineinsteigen wollen, nachdem ich meine Suppe gegessen hatte.«

»Hineinsteigen, Philippe?«

»Naja, drin baden, den Magen voller Essen.«

»Sie tauchten bloß die Hand hinein?«

»Die Hand, den Arm, den Ellbogen, damit ich besser darin rumplanschen kann.«

»Sie waren vollgespritzt, durchnäßt vom Wasser!«

»Ich hatte meine Ärmel hochgekrempelt; dem Rest, der Hose, den Holzschuhen tut's nicht weh, das trocknet rasch.«

»Die Holzschuhe ja, aber die Hausschuhe?«

»Ich trage keine.«

»Die Strümpfe?«

»Ich war barfuß.«

»Finden Sie nicht, daß es schwül ist, Philippe?«

»Im Gegenteil, ich würde meinen, die Luft sei kühler geworden, Monsieur.«

»Philippe?«

»Monsieur?«

»Ich verstehe nicht recht. Erklären Sie es mir: wo waren Ihre nackten Füße?«

»In meinen Holzschuhen.«

»Und ihre Holzschuhe?«

»Auf der Leiter, Monsieur.«

»Auf welcher Sprosse der Leiter?«

»Auf der, die dem Wasser am nächsten war.«

»Diese Sprosse berührte das Wasser, nicht wahr, Philippe? Sie schwamm darauf?«

»Konnte sie nicht, Monsieur. Ein loses Stück Holz schwimmt, eine Sprosse hält an der Leiter fest.«

»Ich verstehe, Philippe, ich wollte sagen, daß das Wasser des Brunnens, unseres Brunnens, nicht wahr . . .«

»Ihres Brunnens.«

»Daß dieses Wasser, daß die Oberfläche dieses Wassers, die Leitersprosse und Ihre Füße in den Holzschuhen eine Einheit bildeten.«

»Wenn Sie so wollen.«

»Ich frage Sie.«

»Ja, Monsieur. Ich kümmerte mich bloß um meine Hand, ohne mich um die Füße zu kümmern.«

»Was für eine Hitze, Philippe!«

»Tatsächlich, es scheint, Ihnen ist warm. Ihre Stirn ist schweißbedeckt.«

»Mir war noch nie so warm.«

»Trinken Sie Ihr Glas nicht aus?«

»Doch doch.«

»Tut es Ihnen etwa weh?«

»Nein, nein, ich werde es ganz austrinken, Philippe, und Sie nehmen ein Glas Wein. Wir werden anstoßen.«

VII
HONORINE

Einmal im Jahr kommt sie und wirft das Steuerformular auf den Tisch im Rathaus, das sie auf neunundsiebzig Sous veranschlagt (die Teile für den Staat, das Departement und die Gemeinde zusammengenommen).

»Warum schicken die mir immer ihr Papier?« fragt sie. »Sie wissen doch, daß ich nicht bezahlen kann.«

Wenn man ihr Geld gibt, zählt sie es nicht nach. Sie geht zur Kolonialwarenhändlerin, streckt die Hand aus, in der das Geld liegt, und sagt:

»Geben Sie mir dafür Speck!«

Zwischen den sauber gestapelten Holzstößen im Hafen sammelt sie Rinde ein, aber sie würde kein Stück Holz stehlen.

»Der Feldhüter kennt meine Ehrlichkeit«, sagt sie. »Er ist bereit, zu erklären, daß niemand irgend etwas Nachteiliges über mein Betragen sagen könnte.«

»Arme, alte Honorine«, sage ich zu ihr, »Sie haben das Recht, sich alles zu erlauben. In Ihrem Alter, mit siebenundachtzig Jahren, nach Ihrem armseligen Leben, gehört alles Ihnen, dieses Holz und alles übrige. Alles gehört Ihnen, nehmen Sie alles!«

Stumm, erstaunt oder taub sieht sie mich an, und ihr Kopf fällt nach und nach auf ihre Knie. Fälschlicherweise sagt man dann, Honorine schlummere. Man kann ja nicht sagen, daß sie bereits stirbt. Man bräuchte ein Wort, das sich zu Sterben wie Schlummern zu Schlafen verhielte.

Manchmal sagt sie, daß alle Leute gute Leute sind und niemand sie abweise. Heutzutage bestreitet sie ihren Lebensunterhalt nicht mehr damit, von Tür zu Tür zu gehen, sie macht Besuche.

»Ich komme Sie besuchen«, sagt sie zu Gloriette, »aber ich brauche nichts. Ich habe Speck für vierzehn Tage und Kaffee für acht Tage und sogar Zucker übrig. Zucker geht am schnellsten aus; nein, nein, ich will keinen Zucker; ich komme nur vorbei, um Sie zu sehen.«

Mag sie auch die Älteste im Dorf sein, sie hat sich nie auf dem laufenden gehalten.

»Eines Tages«, erzählt sie mir, »habe ich das Schloß des Königs gesehen.«

»Welches Schloß, Honorine?«

»Das des Königs.«

»Von welchem König?«

»Von unserem König, dem König von Frankreich.«

»Hat Frankreich denn einen König?«

Als ob ich mich über sie lustig machte, bemüht sich Honorine nicht darum, mir zu antworten. Sie erwartet weitere Fragen.

»Wo haben Sie dieses Schloß gesehen, Honorine?«

»Dort, ganz weit weg! Oh, von hier aus kann man es nicht sehen. Ich mußte weit gehen, zwei Tage und eine Nacht, aber ich habe es gesehen.«

»Und wie war es?«

»Es ist ein Schloß wie die andern, aber doch größer.«

»Erinnern Sie sich nur an das?«

»Es ist so lange her«, sagt Honorine.

»Und der König?«

»Ich habe ihn nicht gesehen«, sagt Honorine bescheiden.

»War er nicht zu Hause?«

»Oh, doch; an jenem Tag hat er sich draußen nicht gezeigt. Ich kann nicht sagen, ich hätte ihn gesehen, ich würde es Ihnen sagen. Ich habe nur das Schloß gesehen, das Schloß des Königs, aber das habe ich gesehen.«

»Welch ein Glück, Honorine!«

»Sie müssen es auch gesehen haben, und öfters sogar«, sagt sie.

»Nein.«

»Oh!«

»Nie.«

»Ein Herr, der so weit herumkommt, und den es nicht an einem Ort hält.«

»Ich schwör's Ihnen, Honorine.«

»Sind Sie nie dort vorbeigekommen?«

»Offensichtlich.«

»Ts . . . Ts . . . Ich habe es gesehen«, wiederholt Honorine, stolz, daß sie mir etwas voraus hat, aber ohne mich demütigen zu wollen.

Dafür zögere ich, ihr mitzuteilen, daß der König tot ist.

Plötzlich läßt sie ihrer boshaften Laune freien Lauf.

»Ich besitze gar nichts«, sagt sie.

»Sie übertreiben, Honorine; die Gemeinde gibt Ihnen Brot.«

»Was sind schon vier Pfund Brot pro Woche?«

»Und Mme. Gloriette fünf weitere Pfund, das genügt.«

»Ja, wenn ich was habe, was ich draufschmieren kann.«

»Sie haben Lebensmittel.«

»Ich!«

»Sie haben es eben gesagt.«

»Ich weiß, daß die Kolonialwarenhändlerin damit beauftragt ist, Lebensmittel an Pauline zu liefern.«

»Für Sie?«

»Vielleicht.«

»Ihre Enkelin Pauline ist keine Diebin. Was man ihr liefert, gibt sie Ihnen.«

»Nein.«

»Nicht auf die Hand, aber sie sorgt dafür, daß Sie etwas in der Suppe haben?«

»Ja, das tut sie.«

»Und es ist eine gute Suppe!«

»Wasser.«

»Sie beschuldigen Pauline einer häßlichen Sache.«

»Ich möchte in *Les Hatres* sein«, sagt Honorine. *Les Hatres* ist der Friedhof.

Während Honorine vor sich hin dämmert, muß man einmal mehr ihr Gesicht betrachten, das immer unerfreulicher aussieht. Man möchte meinen, ein Tier habe lange darauf herumgekratzt, um sich dort niederzulassen; das Lager war zu hart: das Tier hat darauf verzichtet.

»Oh, die schönen Lauchstangen«, sagt Honorine, die aufwacht.

Sie deutet auf Lauchstangen vom letzten Jahr, die den ganzen Winter über im Garten gewachsen sind. Sie glaubt, sie seien von diesem Jahr.

»Das wächst wie der Teufel«, sagt sie, »und es ist wunderbar in einer Suppe.«

Man reißt eine für sie aus, und sie entfernt sich mit ihrer Lauchstange, die sie wie eine Feuerwehrspritze in der Hand hält.

Sie geht nicht schnell, aus Furcht, sie könnte ihre Schlappen verlieren. Sie bleibt oft stehen, versucht, das Gleichgewicht zurückzugewinnen, hebt die Schultern und redet.

Es ist ihr Stock, der vorausgeht und den ersten Schritt tut. Er muß in all der Zeit das Gehen gelernt haben! Wenn die Alte draußen, fern vom Dorf stirbt, ist er imstande, ganz allein nach Hause zurückzukehren.

Da sie nicht aufhört »Oh, mein Gott, oh, mein Gott!« zu wiederholen, sage ich zu ihr:

»Auf die Dauer wird es unerträglich, Honorine! Reden Sie doch nicht immerzu vom lieben Gott! Es gibt keinen.«

»Oh, oh!« sagt sie entrüstet.

»Nein, Honorine.«

Sie schneidet eine Grimasse; man muß sie kennen, um zu wissen, daß sie lacht.

»Sie veräppeln mich«, sagt sie.

»Ich meine es ernst. Sie sind der Beweis dafür, daß es keinen lieben Gott gibt.«

Nun wird sie plötzlich ernst.

»Nun ja«, sagt sie, »es gibt eher keinen.«

»Weder eher noch mehr, Honorine, weder einen noch zwei noch drei; keinen, keinen!«

»Es ist wahr«, sagt sie, »daß ich tot wäre, wenn es einen gäbe.«

Aber alsbald fängt sie wieder an und sagt:

»Ich danke dem kleinen Fräulein für das Paar Holzschuhe. Es ist das letzte. Ich hab' genug auf dem Buckel. Ich werde für das kleine Fräulein zum lieben Gott beten.«

»Ich sage Ihnen doch, daß es sich nicht verlohnt.«

»Doch, doch, es macht mir Spaß.«

Man schlägt ihr vor, sie im Bezirkshospiz unterzubringen. Sie weigert sich und erklärt, sie sei die Glücklichste im ganzen Dorf.

»Ich habe, was ich brauche«, sagt sie, »ein Haus und einen Garten. Wenn ich ins Hospiz ginge, würden die Johannisbeeren in meinem Garten verkommen.«

»Sie könnten sich ausruhen.«

»Ich werde mich in *Les Hatres* ausruhen.«

»Im Hospiz könnten Sie sich leichter sauber halten.«

»Ich bin nicht schmutzig«, sagt sie stolz und reckt ihre graue Stirn. »Ich schlafe nicht auf Verfaultem und habe heute morgen meine Schürze gewaschen.«

»Dort hätten sie Gesellschaft.«

»Ich brächte sie zur Verzweiflung.«

»Wenn es Ihnen nicht gefällt, können Sie wieder heraus.«

»Nein, nein; es fehlt mir nichts«, wiederholt Honorine mit Nachdruck und Sorge, beeilt sich, zu verschwinden, und vergißt ihre Flasche mit Kaffee.

Sie fällt ihre Entscheidung aus Eitelkeit. Sie behauptet, die Schwestern des Hospizes liebten sie und fänden sie unterhaltsam. Sie ist gerne bereit, sie während einer kurzen Woche zu besuchen.

»Geben Sie mir ein paar Worte mit«, sagt sie, »und ich werde in einem Eselskarren zum Hospiz fahren. Wenn ich ankomme, werden alle Leute in der Stadt mir zurufen: ›Tag, alte Honorine, Ihr seid also nicht tot?‹«

Im Hospiz wird man sie anschauen, wird man sie bitten, zu erzählen, sie wird die gesamte Kompanie unterhalten und nach einer Woche zurückkommen, um nachzufragen, ob es etwas Neues gibt.

Und heute morgen fährt Philippe sie zum Hospiz.

Sie erwartet ihn auf ihren Reisigbündeln sitzend.

Sie hat sich gewaschen und ist in einen andern Unterrock geschlüpft.

»Seid Ihr fertig?«

»Oh, ich bin fertig, lieber Freund!«

Sie will, daß ihr Schlüssel im Rathaus hinterlegt wird.

Die Nachbarinnen sind wie zu einer Beerdigung gekommen und flüstern:

»Es tut einem weh.«

Als Philippe sie auf den Eselskarren schiebt, sagt sie noch: »Hoppla, mein Gott!« und schneidet eine Grimasse, die erraten läßt, daß sie weint. Sie weint keine Tränen, aber die Falten ihres fahlen Gesichts schieben sich wie die Ränder einer ausgetrockneten Quelle übereinander.

Die Abreise findet vor jenem Dorfkreuz statt, dessen Querbalken keine Dornenkrone, vielmehr ein Rad aus gezacktem Holz trägt. Die Frauen sagen:

»Dort wird sie es besser haben. Am Ende hätte sie Feuer gelegt und wäre in ihrem Haus verbrannt. Reihum wird jede von uns ihre Wäsche waschen, und wir werden ihr weiße Sachen bringen.«

Es sind nicht viele Neugierige in den Straßen der Stadt, um bei Honorines Ankunft dabeizusein.

Die Oberin des Hospizes sagt zu ihr:

»Seid Ihr denn krank?«

»Oh, nein!«

»Warum kommt Ihr dann?«

»Weil ich zu alt bin«, antwortet Honorine.

Sie lacht selber über ihre Antwort. Die Oberin lächelt.

Philippe wendet den Esel, und die Türen schließen sich wieder.

Wie versprochen hielt es sie nach einer Woche nicht länger im Hospiz.

Nach den Worten des Präsidenten des Verwaltungsrats der Krankenhäuser höchstpersönlich war der Zustand unhaltbar. Sie bedrohte das Personal mit ihrem Stock, weigerte sich, ins Bett zu gehen und versteifte sich darauf, im Hühnerstall zu schlafen.

Sie litt im übrigen unter keinerlei Krankheit. Es war unmöglich, sie zu behalten.

Als Philippe mit seinem Esel wiederkam, sagte sie zu ihm:

»Kommst du mich holen? Mein Bündel ist gepackt.«

»Nein; die Herrin trug mir auf, mich nach Euch zu erkundigen.«

»Gemeiner Schuft!« sagt Honorine. »Du wirst mich nicht dazu bringen, auch nur eine Stunde länger hierzubleiben!«

Man hatte ihr die Haare abgeschnitten, unter einigen Anstrengungen; eine Schwester hielt ihren Arm fest, eine andere schnitt mit der Schere kräftig und flink, die grauen Strähnen fielen herunter.

Die Oberin warnte Philippe durch ein kleines Handzeichen. Er breitete eine Decke zwischen sich und der Alten aus. Honorine war fröhlich, zufrieden, nach Hause zurückzukehren.

»Ich habe sie alle zur Verzweiflung gebracht, deine Schwestern«, sagt sie zu Philippe.

Die erste Frau, der sie im Dorf begegnete, rief aus:

»Oh, die gute Seele bringt sie zurück!«

»Wenn wir über den Kanal gekommen wären«, sagt Philippe, »hätte ich Euch gern ins Wasser geworfen. Und Euren Schlüssel, habt Ihr den, Alte?«

»Nein.«

»Wo ist er denn?«

»Ich weiß nicht; die, die ihn mir weggenommen haben, sollen ihn mir zurückgeben.«

»Fahren wir zum Hospiz zurück.«

»Ich möchte lieber vor meiner Tür schlafen.«

Philippe zog den Schlüssel aus seiner Tasche, und wieder schimpfte Honorine ihn einen gemeinen Schuft.

Sie öffnete sogleich den Deckel ihres Brotkastens.

»Ach«, sagte sie, »ich habe kein Brot mehr.«

»Das wäre wohl noch frisch, seit Ihr weggegangen seid!«

»Die Nachbarinnen werden mir fürs Abendbrot ein Stückchen geben, und morgen gehe ich zu Madame.«

»Sie wird Euch nicht empfangen.«

»Warum denn nicht?«

»Weil Ihr Euch im Hospiz schlecht aufgeführt habt.«

»Ich werde hingehen, und sie wird mir Speck und Kaffee geben.«

»Sie wird Euch vor die Tür setzen.«

»Und Zucker und Geld, und dem Fräulein singe ich ein Lied vor.«

»Ihr braucht Euch nicht zu bemühen. Sie wollen nichts mehr von Euch wissen.«

»Sei still, alter Giftknochen!« sagt Honorine. »Ich werde morgen todsicher hingehen, und sie werden recht stolz sein, mich wiederzusehen. Sie vermissen die Alte!«

»Ich konnte nicht mehr wie ein Nichtsnutz dort bleiben«, sagt sie zu Gloriette. »Mein Haus war in Unordnung. Ich mußte zum Aufräumen zurückkommen. Man darf sich nicht gehenlassen! Wenn man will, daß ich ins Hospiz zurückkehre, werfe ich mich in den Fluß.«

»Das würdet Ihr nicht tun.«

»Nein, ich würde es dem lieben Gott nicht antun, der Schande für die Kinder wegen! Oh, es gibt nette Menschen im Hospiz. Sie können Suppe kochen. Ich würde ihnen an den Waschtagen zur Hand gehen, aber so behandelt man eine alte Frau nicht!«

Erregt reißt sie ihre Haube herunter und zeigt ihren kahlrasierten Schädel. Sie sieht aus wie ein alter Mann; es bleiben ihr nichts weiter als zwei Altweibersträhnen, eine über jeder Schläfe.

»Sehen Sie!« sagt Honorine, aufgebracht vor Rachsucht.

Nachdem man sie ausreichend begutachtet hat, setzt sie die Haube, die über die Haarwirbel rutscht, verkehrt herum auf, und mit gespreizten Ellbogen setzt Gloriette sie ihr richtig auf und schnürt die Bändel zu.

»Ihr seid frisch und sauber, verjüngt!«

»Dieses Werk verzeihe ich ihnen nicht«, grollt Honorine. »Sie haben mich gemetzelt. Ich hab' dem Ungeziefer nichts zu fressen gegeben. Ich habe gesagt: ›Zeigt mir das Handtuch!‹ Ich hätte das Ungeziefer im Handtuch gesehen; aber die Mädchen haben das Handtuch weggebracht, Beweis dafür, daß sich kein einziges Tier darin befand! Sie sind gewitzt: um mich zu kränken, hätten sie sie mir gewiß gezeigt.«

Sie wird ein neues Leben beginnen.

»Ihr werdet so oft wie möglich zu Hause bleiben und nicht zu oft auf die Landstraße gehen, Honorine. Ihr werdet noch aufgespießt werden.«

»Ach, das Vieh kennt mich«, sagt sie, »ich geh' auf der einen Seite und das Vieh auf der andern. Es ist Platz für alle da!«

»Geht zumindest nicht an den Markttagen aus.«

»Ich verspreche es Ihnen«, sagt sie, »ja, ja: man muß auf die Herrschaften hören.«

Trotz meines Verbots ist sie wieder in die Stadt gegangen.

Wir bemerken sie, wie sie die Abkürzung durch die Felder nimmt, so gekrümmt, daß es aussieht, als habe sie keinen Kopf: der Stock, an dem ihre beiden Hände wie Knoten kleben, ist höher als sie.

Der Wind hebt ihr Kopftuch, ihre Unterröcke, und macht, daß sie auf den Erdschollen hin und her taumelt.

Immer wieder bleibt sie stehen und richtet sich auf, um zu sehen, ob das Dorf näher kommt, und nicht aus Angst, sich im Weg zu irren, denn der ist ihr vertraut.

Streng sage ich zu ihr:

»Ich hatte Ihnen verboten, in die Stadt zu gehen.«

»Ich erinnere mich nicht.«

»Sie tun es absichtlich.«

»Ich verstehe nicht immer, was man mir sagt.«

»Ich habe es Ihnen zugeschrien.«

»Es ist möglich; nur, ich mußte gehen.«

»Zu welchem Zweck?«

»Ich hatte etwas zu besprechen.«

»Mit wem?«

»Mit Damen, die ich kenne. Oh, die Damen aus der Stadt hassen mich nicht!«

»Sie machen sich über Sie lustig. Sie haben Ihnen nicht einmal etwas gegeben. Ihr Korb ist leer.«

»Sie wollten mit mir über etwas sprechen.«

»Sie sind ungehorsam, Honorine«, sagt Gloriette.

»Oh doch, Madame, ich bin gehorsam.«

»Nein«, sage ich, »es ist eine Schande, in Ihrem Alter von morgens bis abends durch die Straßen zu laufen.«

»Ich bin recht müde.«

»Um so besser. Sie brauchen nur in Ruhe zu Hause zu bleiben. Man wird Sie tot unter einem Busch im Dreck finden.«

»Ich höre nichts mehr«, sagt sie.

»Sie spielen die Taube, aber wenn Sie das Dorf wieder verlassen, wird der Feldhüter sie zurückbringen, jawohl, der Hüter, mit Gewalt.«

»Madame«, sagt Honorine zu Gloriette, »ein Dorn hängt an Ihrem Kleid; warten Sie, ich entferne ihn.«

»Kümmern Sie sich nicht darum! Ich werde dem Hüter Bescheid sagen; guten Abend!«

»Der Dorn hängt immer noch im Kleid«, sagt die Alte, die zurückgeblieben ist.

»Der liebe Gott ist nicht vernünftig«, murmelt Honorine auf der Straße, »der liebe Gott ist nicht vernünftig, daß er mich nicht zu sich nimmt.«

Sie tritt durch das Gartentor ein und setzt sich auf eine Bank, die nur noch von ihr benutzt und nach ihrem Tod frisch gestrichen werden wird.

Manchmal kommt sie zu früh, um neun Uhr, im Glauben, es sei Mittag, aber sie wartet, bis man ihre Anwesenheit bemerkt.

»Ich ruhe mich aus«, sagt sie, »ich bin müde, ich habe einen langen Spaziergang gemacht. Wenn ich mich ausgeruht habe, werde ich wieder gehen.«

»Trinken Sie erst Ihren Kaffee?« fragt Gloriette, schon gutgelaunt.

»Wie?«

»Ich hole Ihre Tasse.«

»Oh nein, Madame! Ach was, eine Tasse! Ich kam bloß vorbei; nein, nein, wirklich.«

»Aber ja, Honorine!«

»Sie dürfen sich nicht stören lassen.«

Gloriette bringt die Tasse, die so tief wie eine Schüssel und Honorine vorbehalten ist (nach ihrem Tod wird man die Tasse zerschlagen), und zwei dicke Scheiben Brot.

»Ohne Sie würde ich sterben«, sagt Honorine.

Hinter einem Baum sieht sie einen Schatten, der sie ängstigt.

»Wer geht denn da?«

»Es ist Monsieur.«

»Wird er nichts sagen?«

»Keine Angst.«

»Ich war gestern schon hier.«

»Trinken Sie, Honorine.«

Es ist besser, sie mit ihrer Tasse allein zu lassen. Selbst Gloriette wendet sich ab. Monsieur dagegen bleibt hinter dem Baum, und die Alte beobachtet mit ihren lebhaften Äuglein aufmerksam, was sich in den Blättern bewegt.

Los, Monsieur, ein bißchen Mut! Komm näher, betrachte die Alte ohne Ekel, sag' freundliche Worte zu ihr, während sie gierig und ungeschickt trinkt, der Kaffee aus ihren Mundwinkeln läuft, das eingetunkte Brot zerfällt, die Alte sich den Mund mit dem schwarzen Schürzenzipfel abwischt und mit einem ihrer vom vielen Waschen verkrümmten Finger auf dem Boden der Tasse herumkratzt.

Ich kann nicht! Ich kann nicht!

»Ich auch nicht«, sagt Gloriette lächelnd.

Die Alte ist fertig, stellt die Tasse auf die Bank, steht auf und geht auf den Baum zu.

»Danke, Madame. Sind Sie für längere Zeit hier?«

»Bis zum Winter.«

»Ich werd' Sie wieder besuchen.«

»Wie Sie wollen, Honorine.«

»Oh, nicht nur alle paar Wochen!«

»Täglich.«

»Morgen vielleicht. Ich werde mich auf der Bank ausruhen; ich werde darauf ein Nickerchen machen. Hier schlafe ich besser als in meinem Bett.«

»Und Sie bekommen Ihren Kaffee.«

»Oh, nein, nicht nach jedem Spaziergang Kaffee, nicht jedes Mal! Wenn Sie mir nur einen Salatkopf geben würden! Er wird schießen. Um diese Zeit schießt er schnell.«

»Den von gestern haben Sie umkommen lassen.«

Honorine versteht nicht.

»Nehmen Sie einen neuen Salatkopf.«

Honorine versteht.

»Gestern hatte ich kein Öl«, sagt sie, »ich werde Öl kaufen.«

»Haben Sie Geld?«

»Kein bißchen.«

»Hier ist Geld und Öl für Ihren Salat.«

Honorine blickt verwirrt auf Gloriette und kann nur flüstern:

»Oh, gute Frau, oh, gute Frau!«

Dann sieht sie mich unverwandt an und sagt mit festerer Stimme:

»Ach«, sagt sie, »was war Ihr seliger Papa doch für ein guter Mensch!«

Das ist alles! Heute ist nichts für mich dabei.

Sie macht sich nur noch mit Stock und Regenschirm auf den Weg. So, wie sie geht, ist jeder ihrer Spaziergänge eine derart lange Reise, daß das Wetter unterwegs gut umschlagen kann.

Philippe hat zu ihr gesagt, sie solle nicht hierher zurückkommen. Er wird ihr den Kaffee nach Hause bringen, so daß sie sich nicht mehr wird bemühen müssen.

»Oh, danke«, sagt sie, »mein Gott, was bin ich den Leuten doch für eine Plage.«

Und sie kommt wieder.

Stöhnend setzt sie sich an den Rand des Gemüsegartens, und ständig sackt ihr der Kopf zwischen die Schultern. Man überrascht sie immer, als ob man sie aufweckte.

»He, Alte!«

»Ach«, sagt sie, »haben Sie mir aber einen Schrecken eingejagt!«

»Haben Sie Philippe nicht verstanden?«

»Was?«

»Philippe hat Ihnen gesagt . . .«

»Ich höre nichts.«

»Sie hören, wann Sie wollen!«

Die Alte kommt näher.

»Was sagen Sie da? In meinem Alter wird man stumpfsinnig.«

»So sieht es aus.«

»So sieht es aus, so sieht es aus! Haben Sie gesagt: ›So sieht es aus!‹«, antwortet die Alte beleidigt, böse, als würde sie mir gleich ihre letzten Zähne ins Gesicht werfen.

»Sie sehen ja, Honorine, daß Sie die unangenehmen

Dinge hören. Warum kommen Sie wieder, nachdem Philippe Ihnen Ihren Kaffee nach Hause bringen sollte?«

»Ich komme nicht wegen des Kaffees!«

»Wegen der Katze?«

»Ich bin gekommen, um Sie zu besuchen.«

»Ja, Honorine.«

»Kaffee habe ich mehr als sonst jemand. Im Schloß wird nicht daran gespart!«

»Das, Honorine, ist eine Spitze gegen uns.«

»Jetzt, wo ich Sie gesehen habe, gehe ich wieder.«

Aber Gloriette reicht ihr bereits ihre Schale.

»Das ist zuviel, zuviel!« sagt die Alte.

Sie leert den Kaffee in ihren Schlund und sagt:

»Früher konnte ich ihn nicht ausstehen!«

Kaum hat sie uns verlassen, kommt sie wieder zurück.

»Wo gehen Sie hin, Honorine? Das Gartentor ist nicht auf dieser Seite!«

»Sie haben schöne Kohlköpfe, die verkommen.«

»Nehmen Sie sich einen Kopf oder zwei, Honorine, und verzeihen Sie mir.«

»Sie bitten mich um Verzeihung«, sagt sie, »Verzeihung wofür? Sie haben mir nichts Böses getan.«

»Was Sie bräuchten«, sagt Ragotte, »ist eine Elf-Uhr-Brühe. Jawohl, um elf Uhr schluckt man sie, mittags ist man tot.«

Die Alte macht ihr nicht die Freude zu lachen.

Ist sie weg, kratzt man sich unwillkürlich den ganzen Abend lang.

Man kann ihr keine Schürze mehr anbieten; sie verkrümelt alles.

Geben Sie ihr keinen Kaffee zum Selberbrühen; sie wickelt ihn in ihr Taschentuch.

Sie verschlingt ein Pfund Zucker, nachdem sie ihn Stück für Stück in ihren Wassereimer getunkt hat.

Und sie kommt wieder!

Nachdem sie heute morgen von zu Hause aufgebrochen ist, kommt sie schmutzig und schwarz wie ein abgestorbener Baumstamm an.

»Womit kann ich Ihnen dienen, Honorine?«

»Ich bin müde.«

»Bleiben Sie zu Hause.«

»Ich spaziere.«

»Wenn es Sie doch erschöpft.«

»Oh, nein, ich habe heute morgen einen weiten Spaziergang durch die Felder gemacht. Ich suchte Pilze.«

»Zeigen Sie!«

»Ich finde keine mehr; ich ruhe mich auf Ihrer Bank aus, danach werde ich wieder nach Hause gehen.«

»Genau! Und bleiben Sie dort; Philippe wird Ihnen den Kaffee bringen.«

»Wer?«

»Philippe, wie er ihn Ihnen gestern gebracht hat.«

»Wann?«

»Gestern.«

»Ich erinnere mich nicht mehr«, sagt Honorine, »schon möglich.«

»Und er wird ihn Ihnen gleich bringen. Verlassen Sie sich darauf, aber kommen Sie nicht hierher zurück.«

»Ich will nichts von Ihnen! Im Schloß [illegible]«

»Gehen Sie, Honorine!«

»Im Schloß weist man mich nicht ab. Der Herr Verwalter sagt zu mir: ›Hören Sie, meine Schöne‹ ...«

»Laufen Sie zum Schloß. Es liegt auf Ihrem Weg. Zu uns ist es zu weit. He, he, Alte!«

»Ich bin schwerhörig.«

»Einverstanden; trotzdem, nehmen Sie eine Tasse Kaffee!«

»Oh ja, gerne«, sagt Honorine, durch ihre Naschhaftigkeit neu belebt, »dem Wein galoppiere ich nicht hinterher, aber dem Kaffee ...«

»Nein, nein! Hab' ich Sie erwischt! Hier werden Sie keinen Kaffee bekommen. Es ist kein Tropfen mehr im Haus. Gehen Sie nach Hause: Ihre Tasse wartet dort auf Sie.«

»Welche Tasse? Ich hab' keine Tasse zu Hause.«

»Doch, doch, Philippe bringt sie Ihnen. Sie wird dort sein.«

»Ich sehe Philippe dort in den Kartoffeln.«

»Er wird mit der Tasse kommen. Er geht schnell. Er wird vor Ihnen da sein.«

Honorine zögert. Man muß ihr beim Aufstehen und Weggehen helfen, und ich schließe das Gartentor hinter ihr etwas heftig. Ja, ich war es, der sie ein wenig heftig geschlossen hat, nicht der Wind. Bei dem Knall muß die Alte zusammengezuckt sein, und ich höre trotz der Mauer, was sie sagt; sie sagt:

»Hoppla! Mein Gott, der gemeine Kerl!«

»Sie nennt Sie gemeiner Kerl«, sagt Philippe wütend, »nach allem, was sie von Mme. Gloriette erhalten hat, Wagenladungen voller Vorräte!«

Er ist vor Honorine bei ihr zu Hause und begrüßt sie ohne Umschweife.

»Hier ist der Kaffee«, brüllt er, »der Kaffee, den Monsieur und Madame Euch schicken, um sich für die Dummheiten zu bedanken, die Ihr zu ihnen sagt.«

»Ich?« antwortet Honorine, die Tasse an den Lippen. »Ein Herr und eine Dame, die mir so lieb sind ...«

»Was Euch nicht daran hindert, sie gemein zu nennen.«

»Ich, ich! ... oh, oh, wenn ich fähig gewesen wäre, solche Dinge zu sagen, würde ich mich dafür ohrfeigen.«

»Ihr sagt sie zu allen Leuten.«

»Zu niemandem! Zu dir, aber du bist nicht die Leute! Im übrigen, ob ich das gesagt habe oder ob ich es nicht gesagt habe, beeilen wir uns, Philippe, zu Monsieur und Madame zu gehen, damit ich sie um Verzeihung bitten kann.«

Philippe flüchtet, aber die Alte folgt ihm von weitem, und auch wenn sie kaum vorwärts kommt, als würde sie sich bei jedem Schritt aus dem Boden reißen, ist sie schon bald wieder da!

VIII
M E L A N I E

Man könnte meinen, Ragottes Schwester Mélanie sei Witwe, mit einer kleinen Tochter. Sie ist es nicht. Sie hat einen Mann, aber während sie im Dorf bleibt, wohnt er in Lyon, wo er in den Mühlen arbeitet. Sie wird nie zu ihm ziehen, da man eine zu teure Miete bezahlen müßte. Und wie könnte sie im übrigen auf ihr Haus verzichten, auf ihre Hühner, ihren Brunnen und auf die Leute, die sie auf der Straße trifft?

Ihr Mann kommt nur alle drei oder vier Jahre. Er schreibt, um ihr Geld zu schicken, und er ist zuverlässig.

Am ersten Tag dieses Jahres hat er ihr, als Neujahrsgeschenk, eine Kuh geschickt, die sie auf der Weide hütet und die ihr Gesellschaft leistet, denn das kleine Mädchen geht zur Schule.

Die Trennung fällt weder dem Mann noch der Frau schwer. Es ist eine gute Ehe; sie mögen sich gern.

»Sie streiten nie«, sagt Ragotte.

IX
DIE CHALUDE

Die Chalude hat ein hübsches Gesicht, ist herzlich und stets zu Gefallen und glücklich darüber, daß ich ihr Komplimente mache.

»Oh«, sagt sie, »rot bin ich von der Sonne, die mich verbrannt hat.«

Sie lacht ebenso leicht wie sie weint, und manchmal aus dem gleichen Grund.

Sie strickt immer, und sie beherrscht das Stricken mit dem Stein.

Bei dem Stein handelt es sich um einen leeren, durchlöcherten Aprikosenkern, durch den das Schürzenband gezogen wird. Man schiebt ihn auf den Bauch, ein wenig nach links, und stützt eine der Stricknadeln in der Höhlung des Steins ab.

So müssen sich die Strickerinnen weniger anstrengen. Sie können im Gehen stricken, vom Haus zu einem entfernten Acker gehen und zurückkommen, ohne ihre Zeit untätig auf der Straße vertan zu haben.

Es lohnt sich kaum, Wollstrümpfe zu stricken. Für ein Paar muß man mit drei Knäueln zu zehn Sous rechnen, und dasselbe gekaufte Paar würde nur neununddreißig Sous kosten, aber da Zeit für Chalude überhaupt keinerlei Wert hat, ist es doch wieder eine Ersparnis von neun Sous.

Diese handgefertigten Strümpfe sind hart, solange der Fuß sie nicht durchgescheuert hat. Es dauert ebenso lang, sie auszuziehen wie anzuziehen, und Chaludes Mann wechselt sie so selten wie möglich.

Er trägt nicht nur Strümpfe, er verbraucht drei Hemden im Jahr. Seine Frau zieht soviel Geflügel wie nötig auf, um sie zu bezahlen. Sie bringt diese drei Hemden am selben Tag nach Hause, an dem sie die Hähnchen auf dem Markt in der Stadt verkauft hat. Die Chalude ist nicht geizig, sie ist da, sobald man sie braucht, aber diese kleine Rechnung macht ihr Spaß; es ist ihr Gewinnanteil im Haushalt.

Sie hat Familiensinn; sie würde einem Cousin die Milcherzeugnisse günstiger verkaufen als einem Fremden, und sie mag ihre Schwiegertochter so sehr wie eine Tochter.

»Wenn ich wählen müßte«, sagt sie, »würde ich lieber meinen Sohn als meine Schwiegertochter verlieren. Niemand verlangt von mir, eine solche Wahl zu treffen; ich wollte es nur sagen.«

»Oh, ich versteh' schon, Madame, und Sie würden es nicht mehr sagen, wenn Ihr Sohn krank würde oder der Krieg ausbräche.«

Das Wort Krieg bringt sie weniger aus der Fassung, als ich erhoffte. Sie gehört zu jenen, die die Preußen anno 70 nicht gesehen haben. Sie kamen nur bis Autun, aber sie erinnert sich an die furchtbare Angst, die sie verbreiteten.

»Man betrachtete«, sagt sie, »den tiefroten Sonnenuntergang und dachte: ›Das preußische und das französische Blut kämpfen gegeneinander!‹ Frauen sagten immer wieder: ›Wir haben Vierspänner im Galopp durch die Felder jagen sehen!‹, und gesehen hatten sie nichts. Sie schrien: ›Die Preußen sind da, die Preußen sind da!‹ Niemand war da. Die Schloßherren, wo ich als Köchin diente, beschäftigten Tagelöhner, um Löcher zu graben, und versteckten das Silber, die Leintücher und Kostbarkeiten. Sie legten sich auf die Erde und bildeten sich, mit an den Boden gepreßten Ohren, ein, den Lärm der Kanonen zu hören. Sie verloren den Kopf!«

Die Chalude beginnt zu lachen, als ob der Siebziger-Krieg nicht stattgefunden hätte.

»Und Chalude, Ihr Ehemann, wo versteckte er sich?«

»Wir waren nicht verheiratet, und ein Senator hatte ihn zunächst freistellen lassen, aber später war er mit den Junggesellen in Richtung Briare fortgezogen. Sein Hauptmann Meunot, Sie wissen ja ...«

»Nein.«

»Buvottes erster Mann, Sie erinnern sich gewiß?«

»Wirklich nicht.«

»Ach! ... er war aus Ihrer Gemeinde.«

»1870 war ich sechs Jahre alt.«

»Ach, ich denke, alle sind in meinem Alter.«

»Sind Sie so alt?«

»Hauptmann Meunot sagte zum Alten ...«

»Zu welchem Alten?«

»Zu Chalude, meinem Zukünftigen, der mir bereits den Hof machte ... er sagt zu ihm: ›Komm mit, Chalude, weich' nicht von meiner Seite, verlier' mich nicht aus den Augen.‹ Man muß annehmen, daß dieser Mann etwas spürte. Er hatte einen guten Riecher. Irgendwo, ich weiß nicht mehr wo, kriegt er eine Kugel in den Bauch und fällt um. Chalude, der hinter ihm ging, wirft sein Gewehr fort, hebt den Hauptmann auf seinen Rücken und trägt ihn ins nächste Dorf, in eine Scheune. Er bettet ihn und zieht ihm die Stiefel aus. Mehr konnte er nicht tun. Der Hauptmann hatte nicht mehr lange zu leben.

Wichtige Männer, Offiziere kommen vorbei. Sie vernehmen Chalude und fragen ihn, was er mit seinem Gewehr gemacht hat.

›Mein Gewehr ist dort, wo ich den Hauptmann aufgelesen habe!‹

›Beim Tagesbefehl werden Sie anwesend sein‹, sagen die wichtigen Herren.

Chalude wußte nicht, ob man ihn ins Gefängnis oder anderswohin bringen würde. Als der Krieg zu Ende war, hat man ihm hundert Francs gegeben. Wir haben geheiratet, und seither erhält er jedes Jahr hundert Francs.«

»Dafür, daß er sein Gewehr verloren hat?«

»Ja, und den Hauptmann auf seinem Rücken getragen hat. Hundert Francs und die Tapferkeitsmedaille.«

»Die Medaille ist wunderbar.«

»Ja, hübsch, und hundert Francs. Aber die Frau von Hauptmann Meunot ... die müssen Sie gekannt haben, oder?«

»Nein, ich kannte sie nicht.«

»Auch Buvot, ihren zweiten Mann, nicht?«

»Auch nicht.«

»Die Meunotte ...«

»Die Buvotte?«

»Zuerst Meunotte, danach Buvotte ... die ist noch besser gefahren als wir. Sie erhält tausend Francs; sie wird sie bis zu ihrem Tod erhalten. Und nichts verpflichtete den Hauptmann, hinzugehen und sich töten zu lassen. Er ist in den Krieg gezogen, weil er sich schlecht mit seiner Frau vertrug. Ja, tausend Francs im Jahr! Und dank dieser tausend Francs hat sie sofort wieder heiraten können.«

X
EIGENTÜMER

Sie haben geerbt, gekauft, verkauft, getauscht. Sie haben beim Notar alle notwendigen Unterschriften geleistet, aber die Aufstellung des Finanzamts verwirrt sie.

So, wie es hier steht, heißt diese Parzelle nicht!

Was! Sie zahlen noch Steuern für ein Feld, das nicht mehr ihnen gehört, und der Nachbar zahlt für die Wiese, die in ihrem Besitz ist! Er wird am Ende sagen, daß er ein Recht darauf hat!

Die verängstigten Eigentümer kommen gemeinsam ins Rathaus, und der Unerschrockenste verlangt den Flurplan zu sehen.

Der Bewahrer legt den riesigen, schweren Kartenband auf den Tisch.

Die Eigentümer beugen sich respektvoll darüber, und der Finger des kühnen Mannes sucht auf dem gelben Papier zwischen den fast verwischten Nummern nach der Nummer 169. Seine Hand ist durch den Stich eines giftigen Dorns angeschwollen und die Wunde noch nicht verheilt.

Endlich bleibt der dicke Finger stehen. Der Mann hat die Nummer gefunden.

Er betrachtet sie eingehend, verwundert, daß hier, vor seinen Augen, kein klares Bild ist, das ihn beruhigt, etwas, das so eindeutig wäre wie das Feld, das in der Sonne liegt, dessen Zäune und Gatter. Kaum, daß er kleine Bruchstücke unbedeutender Linien sieht. Sein ohnehin schon verzerrtes Gesicht wird leidend. Die anderen, die sich um ihn drängen, atmen schwer und helfen ihm nicht weiter.

»Naja, ich versteh' nichts davon.«

XI
KLEINER SCHULBUB

Soeben habe ich mich auf der Straße mit dem kleinen, pausbäckigen Colas unterhalten, der unter seiner Wollmütze einer Mohnkapsel gleicht, und ihn gefragt:

»Was tust du hier?«

»Nichts.«

»Wie, nichts? Doch, du tust etwas, du trödelst herum. Dabei ist es drei Uhr, du müßtest in der Schule sein. Heute ist Schule. Warum bist du nicht zum Unterricht gegangen? Antworte, hab' keine Angst!«

»Wuß* geschnitten«, sagt Colas endlich.

»Du hast dir in den Fuß geschnitten, armer kleiner Bub. Das hat bestimmt weh getan ... Aber du hinkst nicht.«

Colas sieht mich mit den verständnislosesten Augen an.

»Welcher Fuß?« frage ich ihn. »Sieht man es noch? Zeig mal her!«

»Wuß mit Papa geschnitten.«

»Mit Papa?«

»Ja, und mit Mama.«

»Du hast dir mit Papa und Mama in den Fuß geschnitten? Das ist merkwürdig. Wobei? Versuch' es zu erklären. Zunächst mal sagt man nicht Wuß, sondern Fuß: es schreibt sich mit F und nicht mit W. Sprich es richtig aus: Fuß.«

»Wuß.«

»Nein, Fuß. Fuß!«

---

* Im Original Mißverständnis zwischen »pied«, Fuß, und »blé«, Weizen (Anm. d. Übers.)

»Wuß! Wuß!« wiederholt Colas, »den Wuß auf unserem Acker, heute morgen!«

»Den Fuß auf eurem Acker! ... Ach, ich hab's verstanden: der Weizen auf eurem Acker. Du hast deinem Vater und deiner Mutter auf dem Acker geholfen, den Weizen zu schneiden, und dabei hast du dir in den Fuß geschnitten?«

»Ja, Wuß.«

»Der Fuß, der Fuß, mein Junge! Du mußt der Fuß und nicht der Wuß sagen, wirklich; man versteht es besser.«

XII
DAS KRANKE KIND

Der kleine Jacques hat Fieber. Der Doktor befürchtet eine Gehirnhautentzündung und sagt zu den Frauen des Hauses:

»Es ist ernst; tut genau, was ich sage.«

Aber eine Fremde, die neu im Dorf ist, die man nicht kennt und die an der Schwindsucht leidet, gibt einen Ratschlag, um den Kranken zu heilen:

Tauben einfangen, ihnen den Bauch aufschlitzen, dabei achtgeben, daß man sie nicht gleich tötet, und das warme Blut über den Kopf des Kleinen gießen, bis sich der Erfolg abzeichnet.

Die Frauen haben heute fünf Tauben aufgeschlitzt. Wenn die Taube sofort krepierte, sagten sie:

»Die hat nicht gewirkt, die gilt nicht; nehmen wir eine andere!«

Wenn die Taube sich mit Krallen- und Schnabelhieben wehrte und den Hals zurückwarf, riefen die Frauen:

»Sie bannt das Übel, sie nimmt das Übel!«

Das Blut verklebte Jacques' Haare, tropfte in seine Laken. Bald ergab sich eine Infektion. Heute abend vertrocknen die fünf Tauben auf dem Misthaufen. Vielleicht flattern ihre Seelen ums Dach herum und warten auf jene des kleinen Jacques, doch es geht ihm besser.

XIII
B O N N A R D

Er ist vom selben Leiden heimgesucht wie die Kameliendame und glaubt nicht, daß er krank ist. Er verläßt barhäuptig, mit entblößter Brust, das Haus und schiebt mit Mühe ein Faß auf einem Schubkarren vor sich her.

»Sie sind unvorsichtig, Bonnard!«

»Der Arzt hat gesagt, es ginge mir besser.«

»Er erlaubt Ihnen nicht, zu arbeiten.«

»Er verbietet es mir; aber das ist keine Arbeit! Ich verrichte Kleinkram. Der Arzt sagt, daß ich kleinere Arbeiten verrichten darf, wenn ich mich langweile.«

»Im Haus.«

»Drinnen langweile ich mich.«

»Dann setzen Sie einen Hut auf.«

»Ich gehe nur bis dorthin und stelle dieses Faß an der Mauer im Schatten ab.«

»Knöpfen Sie Ihr Hemd zu.«

»Das Jod juckt mich, und mir ist zu heiß.«

Tatsächlich schwitzt er wie vom Morgentau benetzte Blätter. Er schwitzt seine letzten Kräfte aus.

»Oh, ich werde gesund, ich spüre es«, sagt er, »kommende Woche werde ich mich wieder an die Arbeit machen.«

»Ruhen Sie sich lieber aus!«

»Oh, nein, nein«, ruft Bonnard aus. »Es reicht jetzt! Man würde sagen, ich sei ein Faulpelz.«

Wegen seines Ausbruchs muß er husten; er setzt sich auf die Gabeldeichsel seiner Schubkarre.

»Sie müssen ins Haus zurückgehen, Bonnard.«

Sein Haus ist ein großes Zimmer mit einem Fenster und zwei Türen, eine zur Straße, die andere zum Garten. Diese beiden Türen öffnen und schließen sich, wie es gerade kommt und eine der andern genau gegenüber, damit bloß kein Durchzug verlorengeht.

Bonnards Frau wäscht am Fluß. Ein lustiges Feuer, so frühlingshaft wie die Sonne draußen, brennt unter einem Kochtopf.

Bonnards Kind und der Säugling, den niemand hütet, schlafen auf dem Bett.

»Auf welchem Bett?«

»Auf Bonnards Bett! Tagsüber haben sie es dort besser als in einer Wiege. Sie können sich darauf herumwälzen, darauf herumtollen, sie nützen es aus.«

»Auf Bonnards Bett, der die Schwindsucht hat?«

»Ja, auf dem Bett der Bonnards. Sie haben nur das eine. Wo sollen sie ein anderes hernehmen?«

»Was das größere Kind der Bonnards angeht, meinetwegen! Aber der Säugling, läßt der Arzt das zu?«

»Ihn den Bonnards wegnehmen, wäre grausam. Ohne diesen kleinen Fremdling würden sie verhungern. Im übrigen wird der Arzt die Mutter des Säuglings unterrichtet haben.«

»Und es macht ihr keine Bange?«

»Offenbar nicht.«

XIV
DIE WITWE LAURE

Sie hat die Männer und die Kirschen geliebt. Sie liebt sie noch immer, die Kirschen und die Männer, trotz ihres Alters, dabei dürfte sie näher an den siebzig als an den sechzig sein.

Heute morgen entdeckt Philippe sie im Kirschbaum. Zunächst befiehlt er ihr, herunterzusteigen, dann wundert er sich, daß sie, die beim Gehen so dick und schwerfällig wirkt, auf den Baum hat klettern können.

»Du schmächtiger Jüngling«, sagt die Witwe Laure, ohne wütend zu werden, »was kann es dir ausmachen, daß ich wurmige Kirschen esse, die ihr verfaulen laßt?«

»Es ist weniger wegen der Kirschen«, sagt Philippe, »es ist vor allem, weil du vom Kirschbaum fallen könntest.«

»Ich bin es gewohnt«, antwortet die Witwe Laure, »früher kam ich nicht herunter, bevor ich nicht meine sieben bis acht Pfund Kirschen verschlungen hatte.«

Es scheint, als rühre ihr Aussehen vom Saft all dieser Kirschen. Ihre rote Gesichtsfarbe war einst ein hübsches Rosa.

Sie ist noch immer kein unangenehmer Anblick, und obwohl sie ungeheuer dick, abgespannt und schlaff ist, ziehen die Überbleibsel ihrer Farbe die vorbeigehenden Männer an.

Die Hände voll überreifer, zermatschter Kirschen, die Lippen violett, erzählt sie Philippe, um ihn zu beschwichtigen, ihre letzte Liebesgeschichte.

»Seit dem Tod meines Alten«, sagt sie, »schlafe ich bei offener Tür, weil ich mich fürchte.«

»Du schließt sie besser ab.«

»Nein, nein, ich öffne sie lieber. Die Passanten auf der Straße können mich sehen, und das leistet mir Gesellschaft. Letzte Nacht weinte ich vor Kummer. Tiercelet, der Einäugige, der gerade vorbeiging, kam herein. Er sagte zu mir: ›Du darfst nicht so weinen‹, und er hat mich geküßt. Er hat einen weichen Bart, einen sehr viel weicheren Bart als mein seliger Mann … Lach doch nicht, Philippe, du irrst dich! Tiercelet hat mich anständig auf die Wange geküßt, um mich zu trösten, das ist alles.«

»Das zählt nicht«, sagt Philippe.

»Du verstehst nichts davon«, antwortet Laure.

XV
BRUDER ODER VERLOBTER

Gloriette und ich haben uns im kleinen Bummelzug bereits hingesetzt. Die Lokomotive rangiert. Auf dem mit Sand bestreuten Weg, der als Bahnsteig dient, wartet ein etwa zwanzigjähriger Landarbeiter auf die Abfahrt. Ein junges Mädchen und eine betagte Frau stehen bei ihm. Der Arbeiter betrachtet sie, ohne ein Wort zu sagen.

Zuerst umarmt er beide, dann betrachtet er sie wieder.

Er umarmt sie ein zweites, ein drittes und viertes Mal auf dieselbe Art; jedesmal ist es ein neuer, stummer Abschied, und dazwischen läßt er sie nicht aus den Augen.

Das junge Mädchen nähert sich auf liebenswürdige Weise, die Frau mit Würde. Die Gesichter berühren einander an den Mundwinkeln.

Wir können nicht wissen, ob die Küsse des jungen Mannes, die für beide Frauen gleich sind, erwidert werden. Man hört keinerlei Geräusch, man sieht nicht, ob sich die Lippen bewegen.

Als die Lokomotive angehängt ist, entscheidet sich der junge Mann, rückwärts gehend einzusteigen, und noch immer betrachtet er die beiden Frauen. Das junge Mädchen lächelt. Sie hatten sich ohne erkennbare Verlegenheit umarmt, aber sie machen einander keine Zeichen, nicht mit dem Taschentuch und nicht mit der Hand.

Der Zug setzt sich in Bewegung. Stehend, das Gesicht gegen die Scheibe gepreßt, nimmt der junge Mann kleine appetitliche rote Birnen aus seiner Tasche, und eine fällt auf den Holzboden.

Er blickt in die Ferne, stopft sich mit kleinen Birnen voll, und kümmert sich nicht um seine Mitfahrer.

»War sie seine Schwester?« fragt mich Gloriette mit gesenkter Stimme.

»Ich glaube nicht; sie ist eher seine Verlobte; eine Schwester umarmt man nicht vier Mal.«

»Aber«, sagt Gloriette, »er hat auch die ältere Frau vier Mal umarmt, zweifellos seine Mutter.«

»Oder seine zukünftige Schwiegermutter.«

»Vier Mal!«

»Er hat sie ebenso oft umarmt wie das junge Mädchen, aus respektvoller Höflichkeit.«

»Das junge Mädchen«, sagt Gloriette, »scheint mir sehr jung für eine Verlobte.«

»Es genügt, fünfzehn zu sein.«

»Sie trägt noch kurze Mädchenkleider.«

»Du übertreibst, sie trägt ihre Kleider auf; es sind keine reichen Leute. Und diese Stille! Ein Bruder, eine Schwester, eine Mutter schweigen nicht so lange. Es war natürlich die Trennung zweier Liebender.«

»Mein weiblicher Instinkt . . .«

»Mein männlicher Instinkt . . .«

»Wir wollen nicht streiten! Der Junge weiß, woran er sich halten muß. Frag' ihn aus.«

»Ich kenne ihn nicht.«

»Mach' dich mit ihm bekannt«, sagt Gloriette.

»Ich bräuchte einen Vorwand.«

»Irgendeinen. Er hebt die kleine rote Birne nicht auf. Er wird drauftreten, warne ihn.«

»Wie?«

»Sag' ihm: Monsieur, oder mein Freund, Sie haben eine Birne verloren.«

»Und danach?«

»Das übrige wird sich von allein ergeben.«

»Glaubst du?«

»Ja«, sagt Gloriette, »es macht mich ungeduldig. Willst du, daß ich mit ihm spreche?«

»Nein; er würde die Birne nicht aufheben. Er ißt nicht mehr. Lassen wir ihn in Ruhe. Schau, was aus seinen Augen auf die Scheibe tropft.«

XVI
MARTINE, DIE DAS KÄUZCHEN NACHAHMT

Als ich übers Stoppelfeld gehe, wo Martine ihre Schafe hütet, nähert sie sich langsam mit kleinen Schritten und fragt mich mit ausgesuchter Höflichkeit, ob man nicht etwas für sie durchsetzen könnte.

Auch ihr Mann, der vor fünfzehn Jahren gestorben ist, war ein ehemaliger Krimsoldat. Er besaß die Tapferkeitsmedaille, und seine Vorgesetzten hatten bei der Verleihung zu ihm gesagt:

»Jetzt kann sie Ihnen nichts nützen, aber später.«

»Wurde er verwundet?«

»Nein, ich kann nicht sagen, daß er im Krieg verwundet worden wäre«, antwortet Martine, »aber heute ist er tot. Einerseits hätte ich vor ihm gehen wollen; andererseits hätten ihn, da er arbeitsunfähig wurde, die Beschwerden schneller als mich einholen können.«

»Sie sind bloß die Witwe, meine Liebe.«

»Seinerzeit erhielt man nichts; es scheint, daß man heute etwas bekommt, ich würde etwas davon haben. Ich habe immer noch seine Medaille; ich sage die Wahrheit.«

»Oh, ich weiß, ich habe Ihren Mann gekannt.«

»Und er! Er kannte Sie noch besser! Wenn er von Ihnen sprach . . .«

»Was sagte er dann?«

»Oh! . . .« sagt Martine, indem sie die Arme hebt.

»Nun?«

»Er kam zu keinem Ende.«

»Wir werden es versuchen; es ist schwierig; es war richtig, mich zu verständigen.«

»Ich traute mich nicht; ich schämte mich.«

»Warum, Martine? Wir sind alle Brüder.«

»Ja, Monsieur.«

Sie spricht leise, sanft, die Augen hinter ihrer Brille verborgen, die Hände, wie es sich gehört, auf dem Bauch gefaltet. Sie hat den unpassenden Stecken mitten zwischen ihre Schafe geworfen, und jedesmal, wenn sie zu Ende gesprochen hat, ist sie ganz Ohr und wartet, äußerst gerade, äußerst zurückhaltend, äußerst besonnen, meine Antworten und Fragen ab.

»Helfen Ihnen Ihre Kinder?« frage ich sie.

»Sie tun, was sie können, sie sind beinahe so arm wie ich.«

»Sie sind nicht gänzlich mittellos?«

»Nein. Wenn ich bezahlen muß, was ich schulde, verkaufe ich eines meiner Schafe.«

»Wie teuer?«

»Dieses Jahr zwanzig Francs, weniger, wenn das Gras zur Neige geht. Letztes Jahr verkaufte ich sie bis zu fünfundzwanzig Francs; Gras gab es sogar auf den Straßen.«

»Ermüdet Sie das Hüten nicht zu sehr?«

»Im Winter ist es härter als im Sommer, weil ich alt werde. Aber solange ich gehen kann, werde ich gehen.«

»Ohne einen Sou Schulden?«

»Ich schlag' mich durch ... Ach, wenn es die Abgaben nicht gäbe ...!«

»Zahlen Sie viel?«

»Dreißig Francs.«

»Demnach sind Sie also Grundbesitzerin?«

»Ich besitze drei kleine Äcker, ich brauche ein bißchen Weizen, und in meinem Haus muß ich leben. Man hat die Steuerbescheide noch nicht verteilt, aber sobald ich meinen erhalten habe, werde ich zwei Schafe verkaufen, ich verspreche es Ihnen.«

»Oh, tun Sie sich meinetwegen keinen Zwang an, Martine.«

»Wie bitte?«

»Ich dränge Sie nicht, Ihre Steuern zu bezahlen.«

»Sie nicht, aber der Steuereintreiber!«

»Haben Sie solche Angst vor ihm?«

»Der wartet nicht lange.«

»Er scheint ein ziemlich netter Kerl zu sein.«

»Na, ich sage nichts Schlechtes über ihn, im Gegenteil. Er ist ein Mann, der die Armen nicht anders als die Reichen behandelt. Er macht keine Unterschiede. Aber schließlich muß man seine Steuern bezahlen, na, wenn niemand mehr die Steuern bezahlen würde . . .!«

»Was würde das ausmachen?«

Aus Vorsicht hält sich Martine mit der Antwort, daß das eine schöne Bescherung wäre, zurück.

Sie hat Hochachtung vor der Steuer und erträgt ihretwegen das Mehr an Entbehrungen.

Nachdem ich aus Gewohnheit Martine gegenüber wiederholt habe, daß wir alle Brüder sind, beobachte ich, wie sich ihr Trauerrock, das Wams, die schwarze Haube entfernen.

»Die ist harmlos«, sage ich zu Philippe, der etwas weiter entfernt mit den Rüben beschäftigt ist.

Gerade wollte er den Spaten in die Erde stechen, er tut es nicht.

»Die kleine Alte, die dort geht?« sagt er.

»Ja.«

Philippe sticht in die Erde.

»Haben Sie noch etwas zu sagen, Philippe? Sagen Sie es.«

»Verlassen Sie sich nicht auf Ihre Martine.«

»Wie, ist sie kein guter Mensch?«

»Sie hat es faustdick hinter den Ohren.«

»Sie, diese ergebene, bescheidene Frau!«

»Sie ist eins der größten Schlitzohren im ganzen Dorf. Sie verbringt den Rest ihres Lebens damit, ihren Jungen zu reizen, der ihre Schwiegertochter schlägt, wenn er betrunken ist.«

»Sie sagen das, weil man es sagt.«

»Und es gibt keine, die so gut wie sie das Käuzchen nachmacht.«

Auf den Spatengriff gelehnt, wartet Philippe, daß ich ihn auffordere, das zu erklären, und da ich nicht ungeduldig werde, entschließt er sich:

»Abends, wenn sich eine ihrer Nachbarinnen krank zu Bett gelegt hat, drückt sich die Alte nah am Fenster in den Schatten und ahmt den Schrei des Käuzchens nach.«

»Wozu?«

»Um die Kranke zu erschrecken; Käuzchen kündigen den Tod an.«

»Sind Sie sicher, Philippe, daß die kleine, alte Frau, die dort bei ihren Schafen strickt, sich solche Scherze erlaubt?«

»Ja, Monsieur. Sie mag ja tagsüber ihre Nase noch so hängenlassen, nachts erkennt man sie doch; es klappt nicht bei allen Kranken, und letztesmal hat Caroline ihr vom Bett aus zugerufen:

›Na, ich hab' keine Angst, nein! Ich weiß wohl, daß es kein Käuzchen ist, ich weiß wohl, daß du es bist, altes Ekel!‹«

XVII
DER GUTE REICHE

Früher, als Mougne, der mir die Geschichte erzählt, noch ein kleiner Junge war, gehörte das Schloß einem guten Reichen.

Eines Tages entdeckte dieser Reiche von seiner Terrasse aus, im großen Feld, durch das die Yonne fließt, den alten Frédéric, der Gras pflückte und es aß.

Er rief ihn und sagte zu ihm:

»Was tust du denn da?«

»Herr Graf«, sagte Frédéric, der sich ohne Kopfbedekkung näherte, »ich esse Bocksbart.«

Der Reiche wußte, daß Bocksbart eine Art Wiesenschwarzwurzel ist.

Die gelben Blumen öffnen sich morgens und schließen sich, sobald die Sonne zu sehr brennt.

Bocksbart ißt man an Ort und Stelle, ohne Öl und ohne Essig, und er schmeckt ein bißchen nach Sauerampfer.

Der Reiche ließ den Gutsverwalter kommen.

Es war zu einer Zeit, als Hungersnot herrschte, und die Speicher der Schloßherren waren überreich gefüllt. Der Reiche sagte zum Verwalter:

»Gib Frédéric schnell einen Scheffel Korn, daß er Brot backen kann; der Kerl ißt mir noch mein ganzes Gras auf.«

XVIII
DIE GRILLOT-SIPPE

Sie sind nicht von hier. Der Vater arbeitet mal hier, mal dort; die Mutter spricht wenig, aber die Nachbarinnen beginnen, sie näher kennenzulernen, weil sie krank geworden ist.

Da sie nur ein Paar Bettlaken besitzt, die sie gestern gewaschen hat und die heute zum Trocknen aufgehängt sind, liegt sie auf dem Strohsack, unter einer Decke. Ihre Kleine schläft an ihrer Seite. Ein weiterer Strohsack ist für die drei Kinder. Es riecht nach Liniment, mit dem man ihr die Beine einreiben muß, da die Schmerzen wie Hunde an ihr nagen.

Die Grillots scheinen nicht zurechtzukommen.

»Dabei verdient Ihr Mann nicht wenig Geld.«

»Oh, er ist ein guter Arbeiter.«

»Er trinkt nicht?«

»Er betrinkt sich nie, und er ißt nicht mehr als andere, nur braucht er seine drei Liter täglich und sechs Eier zum Mittagessen, ohne die wäre er zu nichts fähig.«

Der ältere der Jungen, der zehn ist, und den man Schielauge nennt, weil er einen Sehfehler hat, scheint unerträglich zu sein. Wenn er bei einer Nachbarin Milch holen geht, ißt er alle Johannisbeeren im Garten.

Er geht auch Brot holen, und weil das Brot rund ist, rollt er es über die Straße.

Wenn er zwei Brote auf einmal bringen will, fällt es ihm erst unterwegs ein, zweimal zu gehen. Er läßt ein Brot am Straßenrand liegen, wo er es später im Staub wiederfindet.

Der hochgewachsene Vater, eine furchteinflößende Erscheinung, verfügt nur über ein dünnes Stimmchen. Das hat er sich geholt, als er unter einem Nußbaum schlief. Ganz schön tückisch, so ein Nußbaum! Wegen dieser Piepstimme ist der Mann zu schüchtern, mit den Leuten zu reden, aber er muß ein guter Papa sein: sobald er nach Hause kommt, fallen ihm die Kleinen um den Hals.

Schielauge nutzt die Krankheit seiner Mutter aus. Sie bittet ihn um etwas zu trinken, er lacht. Da heute morgen die Schmerzen zu groß sind und sie alleine ist, reibt er ihre Beine mit Liniment ein, und sie kann ihn nicht mehr bremsen. Er reißt ihr fast die Haut herunter.

Er ist nicht immer ein böser Bube. Er kann sich auf einen Stuhl setzen und seine Füße auf einen anderen legen, damit seine kleine Schwester Adèle zwischen seinen Knien das Gleichgewicht halten kann. Während sie auf dem Stuhl spielt, wo sich die Füße befinden, spielt er selbst den Brückenbogen.

Seine Mutter sagt zu ihm:

»Hier sind zwanzig Sous; kauf' ein Viertelpfund Nägel, um deine Holzschuhe und die deiner Geschwister frisch zu nageln; aber verlier' das Geld nicht, ich hab' nur dieses!«

Schielauge kommt unterwegs beim Wagen eines fliegenden Metzgers vorbei, und wenig später bringt er von den zwanzig Sous einen Sou heim, dazu für neunzehn Sous Fett, Haut und Knochen – Fleisch, sagt er, Verfaultes, sagt seine Mutter –, das er so liebenswürdig war, eigens für sie zu kaufen.

Schon wieder hängt er in Chaludes Zwetschgen! Sie erwischt ihn und zieht ihn an den Ohren. Er schreit nicht, aber kaum hat sie ihm den Rücken zugewandt, stellt er sich, mit Verlaub gesagt, mit heruntergelassener Hose auf den Brunnenrand.

Frau Grillot, die dank guter Ernährung aufstehen konnte, bringt eines Morgens ihrem Mann die Suppe vorbei und vertraut Schielauge den jüngeren Bruder und die kleine Schwester Adèle an. Sobald die Mutter gegangen ist, verschwindet Schielauge. Adèle schafft es, von ihrem Strohsack zu fallen, geht auf allen Vieren bis zum Ende des Gartens, und ihre Mutter findet sie schlafend, fast nackt, unter der Hecke. Der Jüngste dagegen stopfte den Herd mit Stroh voll und übte sich im Anfeuern, indem er Streichhölzer anriß.

Wenn sie will, daß ihre Jungen zur Schule gehen, muß sie sie an der Hand dorthin begleiten und darf sie nicht am Gitter abgeben. Sie besteht nicht sonderlich auf dem Schulbesuch, da die Kinder ja nur das Hemd besitzen, das sie auf dem Leib tragen.

Der Schulmeister besteht nicht mehr auf ihrer Anwesenheit; sie versetzen die Schule in Aufruhr. Der Schulaufsichtsbeamte wagt es nicht, übertriebenen Eifer zu zeigen. Können Sie sich vorstellen, wie sich die Schulkommission versammelt, um dem Oberhaupt der Familie Grillot Vorhaltungen zu machen?

Würde man aus Schikane seinen Namen, seinen Vornamen und den Tatbestand an der Rathaustür anschlagen, würde er, der jetzt schon den Stolz eines längst um seine Bürgerrechte gebrachten Mannes zur Schau trägt, nur hingehen, um den Anschlag mit hocherhobenem Kopf zu lesen.

»In Lormes haben sie so gut gelernt!« sagt die Mutter.

Sie sagt am nächsten Tag:

»Es ist wie in Lormes, es war nichts zu machen. Man müßte sie anbinden.«

Wer wird sie anbinden?

Sie kümmert sich nicht mehr darum und verwendet ihre ganze mütterliche Fürsorge auf vier Buchfinken und zehn Perlhühner, die sie mit Ameiseneiern aufzieht. Sie hält sich für eine so gute Mutter, daß sie ein Kleines von der Fürsorge haben möchte und in Wut gerät, als sie es nicht erhält.

Die Mädchen, die auf der Straße Ringelreihen tanzen, haben Angst davor, mit ihren Röckchen Schielauge, den Jüngsten und Adèle, die in Lumpen herumläuft, zu streifen. Sie werfen einen Blick nach hinten, schauen verächtlich und krümmen sich.

Der Jüngste, der keine Mütze aufhat, treibt Schafe vor sich her. Der gedankenverlorene Schäfer und der Hund lassen ihn machen. Er stolpert und fällt hin wie ein kleiner Bub, der nicht auf seinen Beinen stehen kann. Eine Grimasse schneidend steht er wieder auf und sieht zum Schäfer hinüber, der nichts bemerkt hat. Soll er heulen oder seine Schmach herunterschlucken? Der Junge zögert. Glücklicherweise steht dort ein Schäfchen, das an einem Grasbüschel verweilt. Der Junge läuft hin und schlägt mit Fausthieben und Fußtritten auf das Schäfchen ein, bis es statt seiner vor Schmerzen blökt.

Unser schöner Hahn ist am Weihnachtstag verschwunden. Danach zu suchen ist zwecklos. Man verdächtigt Schiffer, Jahrmarktsleute, die in einem Wohnwagen leben, verschiedene Raubtiere. Man entdeckt keine einzige Feder. Die Grillots sagen nichts.

Die beiden Brüder hauen am Wegrand Steine für den Straßenbau, der Ältere mit einem richtigen Schlägel und der Jüngere mit einem gewöhnlichen Hammer. Adèle kriegt, ohne zu murren, von überallher Steinsplitter ab.

Nicht Schielauge, der den schweren Schlägel besitzt, ist der Gewissenhaftere, sondern der jüngere Bruder, der bloß den Hammer hat, um die Steine zu sprengen.

Immer wieder hält er inne, nimmt eine leere Flasche, die im Kühlen zwischen den Brennesseln liegt, und trinkt in langen Zügen, wie ein grobschlächtiger Arbeiter.

»Wieviel verdienst du?«

Der jüngere Bruder errötet. Er ist stämmig, bereits kräftig; seine schwarzen Haare liegen straff an wie eine Kappe; seine weichen Strümpfe hängen wie Stiefelstulpen; seine aufrichtigen Augen sehen geradeaus und haben nie auch nur einen Schimmer von seiner Nase gesehen.

»Läßt du dich nicht bezahlen?«

»Nein.«

»Arbeitet man für nichts?«

Er scheint verwirrt, bereit, seinen Hammer hinzuwerfen, aber die Selbstachtung hält ihn aufrecht.

»Ach, ich hau' Steine«, sagt er, »weil ich Zeit habe, zum Vergnügen.«

Frau Grillot denkt an den Hahn. Sie sagt:

»Am Weihnachtstag habe ich einen großen schwarzen Hund herumstreichen sehen.«

Schielauge macht es Spaß, Steine an die Türen zu werfen, und wenn man ihm zuruft: »Verdammter Teufelsbraten!« antwortet er ganz einfach mit:

»Marde!«

Es ist Französisch mit einem einzigen Buchstaben in Mundart.

Der jüngere Bruder stiehlt sich lieber zwischen den Holzstapeln hindurch zu den Schiffern, die Feuer machen, um ihre Suppe mit Sand zu salzen.

Frau Grillot denkt immer noch an den Hahn.

»Wir haben Heiligabend ausgiebig gefeiert«, sagt sie, »wir haben uns an Kartoffeln mit Speck sattgegessen.«

Um zu zeigen, wie gut seine Hippe schneidet, schwingt Schielauge sie nach links und nach rechts, daß einem die Brennesseln um die Ohren fliegen.

Man muß sich auch vor der Hippe fürchten.

Sie klauen unreife Haselnüsse auf der Eselwiese, und Gloriette sagt ganz ruhig zu ihnen:

»Ihr seid unvernünftig. Betritt man eine Wiese, auf der ein Esel ist?«

Schielauge flüchtet durch ein Loch in der Hecke.

»Nimm wenigstens deinen Bruder mit!«

Aber Schielauge dreht sich nicht um, und der jüngere Bruder, der einen Hut voller Haselnüsse hält, schreit.

»Schrei nicht so, man könnte glauben, ich erwürge dich.«

Der jüngere Bruder schreit noch lauter, seine Augen sind trocken.

»Ich bringe dich nach Hause«, sagt Gloriette, »ich rühre dich nicht an.«

Sie begleitet ihn zum Haus der Grillots zurück. Der Mann, der im Garten Erde umgrub, sieht sie kommen.

Schielauge hat sich hinter ihm versteckt.

»Ich will nicht, daß sie auf dieser Wiese spielen, wegen des Esels«, sagt Gloriette. »Der Esel ist nicht bösartig, aber wenn ihn eine Mücke sticht ...«

Der Mann starrt sie finster an.

»Behalte deine Nüsse, mein Kleiner«, sagt Gloriette, »ich schenk' sie dir; du kannst dir welche holen, aber bitte mich erst um Erlaubnis, nicht wahr, Monsieur?«

Der Mann, der sich auf seinen Spaten stützt, sagt kein Wort.

Gloriette fühlt sich nicht wohl in ihrer Haut und muß sich zusammennehmen, das Maß nicht zu überschreiten, indem sie den Kleinen umarmt.

Der Mann sieht sonntags so furchterregend aus wie an den übrigen Tagen. Unbekümmert schlendert er dahin, den Hut im Nacken, die Hände in den Hosentaschen, und läßt für nichts und wieder nichts die eisenbeschlagenen Stiefel klirren, von denen er sich nie trennt. Manchmal geht er, mit einem Faden am Ende einer frisch abgeschälten Rute, zum Angeln, und der Riese bringt einen kleinen Fisch nach Hause.

»Hat dir jemand erlaubt, auf diesen Baum zu klettern?«

»Nein, niemand«, sagt der jüngere Bruder aufrichtig.

Und er sagt zu Schielauge, den ich zwischen den Blättern nicht sah:

»Schütteln! Schütteln!«

Tatsächlich schüttelt Schielauge einen Ast und müht sich ab, Eier aus einem Nest herunterzuholen, das sich im Wipfel befindet.

»Weißt du denn nicht, daß es verboten ist, Nester zu zerstören?«

»Nein.«

»Ich werd' es dir beibringen.«

Ja, aber wie?

Am besten ist es, nichts gesagt zu haben und sich für die gefährliche Turnerei zu interessieren.

Wer wird herunterfallen? Die Eier oder Schielauge?

»Und«, fragt Frau Grillot, »gibt es etwas Neues von Ihrem Hahn?

»Noch nicht.«

»Na, dann ist er wohl verloren!«

»Ich fürchte ja.«

»Wenn ich was höre, lasse ich es Sie wissen.«

Gefolgt vom jüngeren Bruder und von Adèle, geht Schielauge mit zwei Eimern, einen in jeder Hand, die Straße entlang, um am Brunnen Wasser zu holen. Plötzlich sagt er: »Mir ist schlecht!«, setzt sich auf einen Grenzstein und erbricht, den Kopf zwischen den Händen, Rotwein. Der jüngere Bruder und Adèle nehmen die Eimer und hüpfen um den Bruder herum. Bald richtet er sich auf und stößt sämtliche Flüche, die er kennt, hervor, um seine Sicherheit zurückzugewinnen.

Es ist bei ihm schon eine alte Gewohnheit, wie Vater

und Mutter zu trinken.

Er steigt auf den Dachboden, wo das Faß steht, und trinkt geradewegs aus dessen Hahn. Wenn er ein Stück rohes Fleisch hat ergattern können, kocht er es und läßt es sich, neben dem Faß, ganz alleine schmecken.

An diesem Abend beschließen sie den Tag am Brunnenrand. Die Mutter, die Pilze suchte, trifft sie dort und kehrt später mit ihnen heim. Vor dem Grenzstein bemerkt sie den Rotwein.

Der jüngere Bruder und Adèle sagen:

»Das war der Bruder!«

Sie schimpft ihn nicht aus, vielmehr versucht auch sie belustigt, in der Dämmerung Einzelheiten zu erkennen, was alles Schielauge krank gemacht haben könnte.

Ganz sicher, allein im Haus zu sein, untersuchen die Brüder Adèle.

Sie ziehen die Klingel, um Ragotte zu ärgern. Sie öffnet die Tür: sie sitzen schon auf ihren Steinhaufen bei der Arbeit.

Wieder hört man:

»Los! Beeil dich! . . . Sie erwischt dich!«

Ragotte hat Angst vor ihnen. Kaum, daß sie sich ihnen zu sagen getraut:

»Ihr erzürnt Monsieur; er ist mit seinen Aufzeichnungen beschäftigt.«

Als die Klingel wieder schrillt, gehe ich selber hin und frage sie mit lauter Stimme, ob sie nicht bald fertig seien.

Zunächst sind die kleinen Grillots verdattert, dann sehen sie einander an, ermuntern sich gegenseitig und lachen.

»Ihr würdet besser zur Schule gehen!«

Bei diesen Worten können der jüngere Bruder und Adèle nur noch lauter lachen, Schielauge jedoch steckt zwei Finger in den Mund und läßt energisch den mir bestimmten, wohlverdienten Pfiff ertönen.

Es ist Philippe, der das Dorf, das sich belästigt fühlt, von ihnen befreit. Ein Mann aus Crazy, den er trifft, sagt zu ihm:

»Die Grillots wollen mein Haus in Crazy mieten. Dann wäre Grillot näher an seiner Arbeit. Kennst du sie?«

»Wir sind Nachbarn«, antwortet Philippe.

»Sind es anständige Leute?«

»Ich wüßte keine besseren.«

»Können sie zahlen?«

»Du kannst beruhigt sein. Grillot verdient sechs Francs am Tag.«

»Ich war mißtrauisch«, sagt der Mann aus Crazy, »ich sehe, daß ich mich irrte, ich werde die Sache sogleich regeln. Ich werde sie mir nicht entgehen lassen.«

Philippes Gesicht hellt sich auf, weil er ihm soeben übel mitgespielt hat.

Eine Woche später verlassen die Grillots mit ihrer Habe die Gegend.

Sie werden mir sehr fehlen.

XIX
M E R L I N

I

Er zappelt und zappelt, besteht ganz aus Knochen und hat eine lange Nase, die ihn sicher irgendwo festhielte, wenn er stürzen sollte.

Er erweckt den Anschein eines armen Mannes, dem es früher einmal besser ging.

Um ihn über seine Sorgen hinwegzutrösten, jammere ich über meine.

»Oh, um Sie mache ich mir keine Sorgen«, sagt er zu mir, »Sie werden nie aufgeben. Ihre Kinder werden Sie niemals verleugnen. Die meinen würden mich am liebsten schon tot sehen.«

Man nennt seine Frau das Schäumchen, weil ihr die Blattern das Gesicht zerlöchert haben. Merlin, der nicht von hier ist, war ins Dorf gekommen, um sich mit Schäumchens Schwester zu verheiraten. Alles ging gut, doch die launenhafte Schwester sagte ihm am Tag vor der Hochzeit:

»Ich heirate nicht mehr; heiraten Sie meine Schwester, wenn sie Ihnen gefällt.«

Merlin, dem daran gelegen war, sich nicht umsonst bemüht zu haben, nahm das Schäumchen.

Sie hatten viele Kinder (ich kann mir die genaue Anzahl nie merken) und waren stets unglücklich.

Das heißt nicht, daß sie eine schlechte Ehe führen, es heißt, daß sie unaufhörlich im Elend leben.

Merlin schlägt sich durch, so gut er kann.

II

Heute morgen wirft er zwei Schlingen auf meinen Tisch und sagt:

»Ich habe einen weiteren Volltreffer für die Jäger gelandet. Ich habe diese beiden Schlingen da auf den *Croisilles* gefunden. Es ist dieser verdammte Barget, der sie auslegt; ich entferne sie, wenn ich vorbeigeh'. Vergangenes Jahr habe ich über fünfzehn Stück herausgerissen.«

»War nichts drin?«

»Nein, nein! Barget kontrolliert sie vor mir. Er steht früher auf. Um drei Uhr sackt er alles ein; mir läßt er nur die Schlingen übrig. Ich vernichte sie, und er ist gezwungen, neue zu legen. Auf die Dauer werde ich es ihm verleidet haben. Aber wenn der Kerl mich erwischt, wird er mich kurz und klein schlagen. Ich schwöre Ihnen, daß ich im letzten Jahr mehr als zwanzig Schlingen vernichtet habe. Dieses Jahr werden es noch mehr sein. Die Jäger könnten mich ohne weiteres mit einer Medaille und hin und wieder mit einem Liter Wein belohnen.«

Ich habe keine Medaille, aber ich biete Merlin etwas zu trinken an, um so lieber, als er die beiden gelben Stacheldrahtschließen, die er mir bringt, selber aufgestellt hat; und er hat sie wieder entfernt, weil sie verrosteten und er es satt hatte, nichts damit zu fangen.

III

Was die verdrehte Schwester angeht, so versucht niemand herauszufinden, was aus ihr wird.

Man spricht von ihr nur, um die Geschichte ihrer

mißglückten Eheschließung und die Geschichte vom Brunnen zu erzählen, die in keinerlei Zusammenhang mit der ersten steht.

Sie ist eines Tages in den Brunnen des Eichenwaldes gesprungen! Warum? Man weiß es nicht.

Sie hat die Nacht darin verbracht, ohne zu ertrinken. Ihre Röcke bildeten einen Ballon um sie herum, und sie konnte, da der Brunnen beinahe leer war, aufrecht stehen, unten auf Zehenspitzen tänzeln und aus Leibeskräften rufen.

Am nächsten Morgen wurde sie von zwei Männern aus Crazy, die Reisig machen wollten, aus dem Brunnen gezogen. Wütend, noch übergeschnappter und weit davon entfernt, sich bei ihnen zu bedanken, sagte sie zu ihnen:

»Hört ihr denn nicht, wenn man euch ruft?«

IV

Merlin kommt über die Felder nach Hause, am Abend eines Arbeitstags im Steinbruch, von Mal zu Mal erschöpfter und gebrochener, sein Bein nachziehend, als hätte er es soeben aus einer Falle gerissen.

Bei all diesen Kriegsgerüchten kann man nicht hoffen, daß man den letzten seiner Jungen als Stütze der Familie nach Hause schicken wird.

»In der Armee«, sage ich zu ihm, »fürchten sie, nicht genügend Soldaten zu haben, und Ihr Sohn muß ein guter Soldat sein.«

»Ja«, sagt Merlin, »dort kommt viel Jugend zusammen! Es ist Zeit, sie zu zermalmen, damit die Geistlichen und Adligen wieder die Oberhand gewinnen.«

»So weit sind wir nicht.«

»Sie haben einen schönen Haufen Papier auf ihren Knien«, sagt er.

»Man muß doch schließlich Zeitungen lesen, um sich auf dem laufenden zu halten.«

»Was gibt es für Nachrichten?«

»Gute.«

»Spricht man nicht mehr davon, sich in Marokko die Köpfe einzuschlagen?«

»Nein.«

»Um so besser.«

»Sie, mit Ihren fünfundsechzig Jahren, riskieren nichts, Merlin.«

»Ich hab' drei Jungs«, antwortet Merlin, »alle drei würden losstürzen und ich dazu, und niemand würde mich daran hindern können.«

»Mein armer Merlin! Im Krieg marschiert man schnell.«

»Ich würde für dreißig Sous am Tag einen Esel mieten und im Wagen folgen.«

»Mit einem Gewehr?«

»Ja, mit einem alten, bleigeladenen Jagdgewehr, das irgend jemand mir leihen wird. Kugeln brauche ich nicht, nichts weiter als Nummer acht! Und ich werde ihnen die Suppe versalzen. Ich werde einige erwischen, bevor ich selbst über die Klinge springe. Ich werde nicht zulassen, daß man meine drei Jungs mir nichts, dir nichts umbringt; es hat mich zu viele Mühen gekostet, sie zu erziehen. Und ich werde nicht auf die Soldaten schießen, sondern auf die Vorgesetzten.«

»Na, na, Merlin. Auf welche Vorgesetzten?«

»Alle, die mir nicht passen ... Nun ja, nachdem man sich geeinigt hat! ... Aber zu früh ist es nicht; mit ihrem

Algeciras gingen sie mir allmählich auf den Wecker. Ich hatte Lust, hinzufahren und sie zu schütteln.«

»Wen schütteln, Merlin?«

»Die Diplomaten. Gibt's dort Wasser?«

»Daran fehlt es nicht; es liegt am Meer.«

»Oh«, verkündet Merlin, »dann sind sie noch einmal davongekommen. Ich hielt es nicht länger aus. Morgen oder übermorgen wollte ich abhauen, wie ich Ihnen sagte, ich wäre von hinten auf sie gestoßen und hätte sie hineingeschmissen!«

XX
DIE MIGNEBOEUFS

I

Die Fehlgeburten nicht mitgerechnet, hat Migneboeufs Frau ihrem Mann sechs Kinder geschenkt, die alle leben. Bei jeder Taufe spendiert er den Freunden ein *Broustillon*, das heißt ein Essen, bei dem er auf nichts und niemanden Rücksicht nimmt. Bei der letzten Taufe ruft ihm, während er sich mit Leckereien vollstopft, die Patin zu:

»Nehmt, soviel Ihr könnt, Migneboeuf; ich hoffe doch, daß es das letzte war!«

Migneboeuf jedoch:

»Meine Meinung ist das nicht; es mögen weitere kommen, es mögen soviele kommen wie wollen!

Ich brauche mich nicht zu schämen, ich bin mit einer Frau verheiratet, ich brauche meine Frau. Im übrigen sind da noch die Fehlgeburten, nicht wahr, Fifille?«

Fifille, die sich bei Tisch erholt, antwortet mit vollem Mund:

»Sei still, du Schwein!«

Ist es ein Schrei der Auflehnung oder der Liebe?

Man weiß es nicht. Die gut unterrichteten Leute erzählen, daß sie sich immerhin entschlossen hat, Vorsichtsmaßnahmen mit einem durchbohrten Holzschuh zu treffen, an den ein Holunderast ohne Mark angehängt wird.

II

Grillots Frau scheint zunächst die Unterlegene zu sein und läßt die Migneboeuf reden, aber mit einem Wort faßt sie sich wieder.

»Ich jedenfalls«, sagt sie, »ich hab' keine Tiere zur Welt gebracht!«

Wie vor den Kopf geschlagen, kann die Migneboeuf nur noch weinen.

Blaß wie eine Mauer im Mondlicht, erholt sie sich von ihrer dritten Fehlgeburt. Migneboeuf hat im Garten ein Loch gegraben, um das Totgeborene hineinzulegen. Der junge Feldhüter erfahrt es durch diesen Streit der beiden Nachbarinnen. Er kennt seine Pflichten noch nicht genau; er fürchtet sich, in Ungelegenheiten zu kommen, und sucht die Hebamme auf.

»Es war doch ein totes Kind?«

»Eine Fehlgeburt von acht Monaten«, antwortet die Hebamme.

»Wissen Sie, was sie damit gemacht haben?«

»Das geht mich nichts an.«

»Wenn es ein Tier war, durften sie es in den Garten werfen. Die Friedhofe wurden nicht für Tiere erfunden. Wenn es ein Kind war, mußten sie es erst im Rathaus anmelden und durften ihm dann die Begräbnisstätte nicht verweigern. War es ein Tier oder ein Kind?«

»Ein Kind«, sagt die Hebamme.

»Sind Sie sicher?«

»Ja«, sagt sie.

»Häßlich?«

»Ein mißratenes Kind«, sagt die Hebamme, »mit einem flachen Kopf, ohne Hals, einem verdrehten Fuß.«

»Füße oder Pfoten?«

»Beinchen, die man nach allen Seiten drehen konnte wie Pfoten.«

»Ein Affe?« fragt der Hüter. »Es gibt welche, die sich unterm Bett in Sicherheit bringen.«

»Sowas habe ich nie gesehen«, sagt die Hebamme. »Aber ich sehe etliche Monster wie deren Kind.«

»Ein Monster«, sagt der Feldhüter gewissenhaft, »also war es ein Tier!«

»Nein, nein; aber ein unschönes Kind. Solche habe ich mehr als eines herausgeholt.«

»Wenn es ein Kind war, war es demnach kein Tier«, sagt der Feldhüter.

Er befahl den Migneboeufs, das Objekt auszugraben. Sie wuschen es mit einigen Kübeln Wasser, und nachdem man es in eine kleine Holzkiste gelegt hatte, wurde es auf den Friedhof gebracht, wo die Menschen hinkommen.

III

»Sie haben wohl ein Hähnchen getötet?« fragt Gloriette, die bei Fifille rote Flecken auf dem Boden sieht.

»Oh, nein, Madame, aber heute bin ich unwohl.«

Fifille weiß nicht, daß man eine Binde nehmen kann. Deshalb tropft das Blut auf den Boden, und sie sagt zu André, der neun Jahre alt ist:

»Los, wisch das auf, Kleiner!«

IV

Bei Fifilles Anblick wird einem angst und bange. Sie ist von fast durchsichtigem Grün. Aufrecht stehen kann sie, weil der Wind nicht stark bläst.

Nach ihrer Fehlgeburt hat sie es geschafft, ihre Milch zu behalten, – Migneboeuf saugte sie mittels einer Pfeife ab – und nun möchte sie einen Säugling haben. Ausgerüstet mit der Bescheinigung, die der Arzt üblicherweise am Vorabend einer Wahl für die Frau eines Wahlmannes ausstellt, kommt sie nach Paris, um ein Kind zu holen.

Aber beim Hauptamt der Fürsorge untersucht man sie eingehend und verweigert ihr den Säugling.

Bei ihrer Rückkehr ins Dorf zieht sich Fifille aus der Affäre, indem sie sagt:

»Sie wollten es mir schon geben, aber es gefiel mir nicht, und ich hab' es zurückgegeben.«

Das kleine linke Auge Migneboeufs leuchtet auf und seine Hände zucken:

»Fangen wir wieder von vorn an!« sagt er.

XXI
DER TRINKER

Er kommt am Montagabend aus dem Wirtshaus, wo er gerade auf seine Art bezahlt hat, indem er sämtliches Geld, das er in seiner Tasche hatte, mitten in den Raum wirft. Der Wirt hebt es auf und legt es beiseite. Sie werden später abrechnen.

Der Betrunkene singt und schwankt von einem Rinnstein zum andern, als er auf der Dorfbrücke den Bürgermeister entdeckt, der sich mit einem Fremden unterhält.

Das Gesicht des Betrunkenen erhellt sich; er nähert sich, die rechte Hand schon von weitem ausstreckend, lächelt bei jedem Schritt, und ohne sich um den Unbekannten zu kümmern, sagt er:

»Guten Tag, Herr Bürgermeister.«

Der Bürgermeister, in Verlegenheit gebracht, antwortet kaum.

»Die Hand, Herr Bürgermeister!«

»Lassen Sie uns allein«, sagt der Bürgermeister, »ich unterhalte mich mit diesem Herrn.«

»Ich hindere Sie nicht daran, sich zu unterhalten«, sagt der Trinker, »geben Sie mir die Hand.«

»Nein.«

Staunend läßt der Trinker seine Hand wie einen abbrechenden Ast sinken.

»Sie weisen meine Hand ab?«

»Ja, Sie sind nicht ganz bei sich.«

»Ich soll nicht ganz bei mir sein, ich?!«

Die Herren nutzen seine Überraschung, um ihm den Rücken zuzukehren; aber durch ein geschicktes Manöver gelingt es dem Trinker, sich vor ihnen hinzusetzen.

»Nicht ganz bei mir, ich! Was sagen Sie da?«

»Ich sage Ihnen, Sie sollen uns nicht stören.«

»Ach, Herr Bürgermeister, erlauben Sie!« erwidert der Trinker, der wieder aufsteht und sich dank des Geländers auf den Beinen hält.

Dann bricht seine Würde in sich zusammen, er streckt seine Hand bis zum Bauch des Bürgermeisters aus und wartet mit Anstand.

»Lassen Sie mich in Frieden«, sagt der Bürgermeister, »oder ich rufe den Feldhüter.«

»Er macht seine Runde auf den gemähten Feldern«, sagt der Trinker mit der gerissensten Miene.

»Ich erstatte selber eine Anzeige gegen Sie.«

»Gegen mich, einen Republikaner!«

»Schöner Republikaner«, sagt der Bürgermeister, »Sie wissen sehr wohl, daß mir ein nüchterner Reaktionär lieber ist als ein betrunkener Republikaner.«

»Es lebe die Republik!« ruft der Trinker aus.

»Seien Sie still.«

»Darf man nicht mehr ›Es lebe die Republik!‹ rufen? Na gut, es lebe der Herr Bürgermeister!«

»Was ist das für ein nervtötendes Vieh!« sagt der Bürgermeister. »Unterhalten wir uns woanders.«

Als er aber allein zurückkam, stand der Trinker immer noch auf der Brücke. Er betrachtete das vorbeifließende Wasser und schien mit seinen Rülpsern dem Fluß zu applaudieren.

Der Bürgermeister ging auf Zehenspitzen vorbei; im Augenblick, da seine Sohlen die Erde berührten, hörte er den Trinker rufen:

»Herr Bürgermeister! Herr Bürgermeister! Verzeihen Sie ... mag Sie, sauf' nicht mehr ... wenn Sie nicht verzeihen, ich geh' ins Wasser!«

Und der Trinker versuchte zu laufen, während er Schreie ausstieß, die von seinen Gewissensbissen und seiner Zärtlichkeit Zeugnis ablegten.

Der Bürgermeister ging mit der Geschwindigkeit eines Mannes, der sich beeilt, ohne den Eindruck erwecken zu wollen, er fliehe.

Es schien ihm, als gewinne er an Boden. In der Tat, der Trinker, der bald schon erschöpft war, blieb, verwundert darüber, nicht verstanden zu werden, stehen, schwankte, ohne zu sprechen, während er neue Kräfte sammelte, und rief mit heiserer Stimme, so laut er konnte:

»Schwein!«

Die Wege waren verlassen. Niemand hörte es, außer dem Bürgermeister, der sich, da er ganz sicher war, allein zu sein, erlauben konnte, sich taub zu stellen.

XXII
DAS ALTE EHEPAAR

Sie ist über siebzig Jahre alt und er über achtzig. Sie haben soeben ihre Suppe gegessen und sitzen auf der Bank vor der Tür.

Gloriette geht vorbei und sagt:

»Schon wieder zusammen?«

»Ja«, sagt die Alte.

»Könnt ihr euch niemals trennen?«

»Nein«, sagt der pfeiferauchende Alte.

»Aber ihr seid zu weit voneinander entfernt! Zwischen euch beiden ist noch Platz. Näher, rückt näher zusammen!«

»Wir würden einander aufspießen«, sagt die Alte.

»Haben Sie denn Hörner?«

Der Alte nimmt die Pfeife aus dem Mund und antwortet, ohne die Alte anzusehen:

»Sie hat keine.«

»Und er?« fragt Gloriette.

Die Alte antwortet nicht.

Der Alte wiederholt:

»Ich weiß nicht, ob ich welche habe, aber ich bin sicher, daß sie keine hat.«

»Nun gut«, sagt Gloriette zur Alten, »sprechen Sie jetzt! Hat er welche, ja oder nein?«

Aber neben dem Alten, der sich womöglich Sorgen macht, und vor Gloriette, die schließlich in Verlegenheit gerät, bleibt die Alte undurchsichtig. Mit einem unbestimmten Lächeln, das zweifellos in die Vergangenheit gerichtet ist, heftet sie ihre Blicke auf die Eiche, die dort in der Dämmerung entschlummert, und hat den zweifelhaften Vorteil des Schweigens.

XXIII
DER GEMEINDEARBEITER

Von ihm erzählte mir sein jüngster Sohn: »Tja, neun Kinder hat er gehabt! Man muß sich nach der Decke strecken, wenn man so viele haben will.«

Im übrigen sind sie fast alle tot. Sie sterben vor dem Vater, weil der Tod sie zu schnell holt, auch weil der Vater ein schweres Leben hat. In seinem Alter kann Calot nicht verlangen, nur Alte sterben zu sehen.

Eine seiner Töchter, die verwitwet ist, wohnt bei ihm und führt den Haushalt. Sie kommen nicht immer gut miteinander aus. Es kommt vor, daß Calot schmollt, sich weigert, am Tisch zu essen, und seine Suppe selber zubereitet, abseits. Um sich zu rächen, widmet sich seine Tochter voll und ganz der Zubereitung des wohlriechenden Fleischs, während der Alte, die Nase in seinem Napf, in einer Ecke wütet.

Diesen Abend haut er, auf seiner Jacke kniend, den Rücken zur Sonne, Steine für die Gemeinde. Sie zahlt ihm fünfundvierzig Sous für den Meter, und er haut keinen halben Meter täglich. Man muß zuschlagen; sie sind hart, und gewissenhaft haut er sie fein wie Zucker.

»Ich werde den ganzen Winter über zum selben Preis Steine hauen, wenn die Gemeinde es will«, sagt er. »Ich will nichts weiter als Arbeit. Ich habe es nicht nötig, daß man mir, wie gewissen anderen, Kaffee gibt!«

»Was für Kaffee? Wovon sprechen Sie, Calot, und von wem?«

»Ich weiß schon, was ich sagen will.«

»Sagen Sie es.«

Calot stellt einen Stein so hin, daß er nicht umfällt, und schweigt.

»Sie meinen zweifellos den Kaffee, den die Gemeinde samt Zucker am vierzehnten Juli verteilt?«

»Ja.«

»An die Armen, die auf der Liste der Einheimischen stehen.«

»Man kann auf Kaffee verzichten; Brot reicht.«

»Die Gemeinde gibt den Einheimischen während des ganzen Jahres Brot. Am Nationalfeiertag gibt es ein bißchen Abwechslung.«

»Kaffee und Zucker sind Naschwerk.«

»Genau, es bereitet ihnen Freude.«

»Es würde allen Leuten Freude bereiten.«

»Die Gemeinde ist nicht reich. Sie kann nur jene Armen berücksichtigen, die in der Liste eingetragen sind.«

»Ich weiß nicht.«

»Aber ich weiß es, Calot.«

»Ich weiß es nicht.«

»Sie könnten es wissen. Sie sind Wähler. Erkundigen Sie sich.«

»Eins weiß ich schon.«

»Was wissen Sie?«

»Es sind welche auf der Brotliste, die nicht darauf stehen durften.«

»Wer?«

»Ich kenne sie.«

»Wen?«

»Die haben Geld angelegt, und wenn man Geld angelegt hat ...«

»Wo das? Reden Sie schon, Calot!«

»Es ist nicht an mir, darüber zu sprechen.«

»Wie soll ich es denn erraten?«

»Ich will niemandem was Böses.«

»Dann sagen Sie nichts oder sagen Sie alles.«

»Ich habe es gesagt.«

»Wem?«

»Gewissen Gemeinderäten.«

»Welchen?«

»Die wissen es schon.«

»Wenn die Liste erstellt wird, wiederholen sie nicht, was Sie ihnen gesagt haben.«

»Sie machen einen Fehler.«

»Sicherlich, und Sie auch, Calot. Warum weigern Sie sich, mir zu erzählen, was Sie anderen erzählen? Los, es ist immer noch Zeit!«

»Nein, nein.«

»Sie beschweren sich doch!«

»Ich beschwere mich nicht.«

»Auch Sie können an die Reihe kommen.«

»Ich hab', was ich brauche.«

»Heute ja, weil Sie trotz Ihres Alters noch arbeiten.«

»Wenn ich zehn Sous täglich verdiene, sind das zehn Sous.«

»Und Ihr Sohn unterstützt Sie?«

»Ich beklage mich nicht über meinen Sohn.«

»Und über Ihre Tochter?«

»Ich beklage mich nicht über meine Tochter, ich beklage mich über niemanden, ich werde mich niemals beklagen; wenn ich kein Brot mehr habe . . .«

»Wird man auch Sie auf die Liste setzen.«

»Ich werde es nicht sagen, wenn ich kein Brot mehr habe.«

»Das wird sich zeigen. Man wird es Ihnen gegen Ihren Willen bringen.«

»Ich weiß, was ich tun werde.«

»Sie werden sich umbringen?«

»Ich hab' da meine eigenen Ideen.«

»Behalten Sie sie für sich. Sie sind unvernünftig, Calot! Es ist schwierig, gerecht zu sein, Sie helfen uns nicht. Sie wählen und nehmen nie an den öffentlichen Sitzungen teil, um sich zu vergewissern, ob jeder Gemeinderat seine Pflicht erfüllt.«

»Wir andern dürfen nicht«, sagt Calot.

»Warum? Haben Sie Angst, man steckt Sie ins Gefängnis? Sie sind glücklos und mißtrauisch, und Ihr Stolz hindert Sie nicht daran, sich zu beklagen, aber im Verborgenen, wie ein altes Weib, wie die Caraboune oder Clémentine. Sie sind über vierundsiebzig Jahre alt, Calot, wann werden Sie weise?«

Er wird mir ein anderes Mal antworten. Er tut, als sei er ganz in eine Arbeit vertieft, die wichtiger ist als unser Geschwätz, und er hat nicht genügend Kraft, mit regelmäßigen Schlägen die starre Masse zwischen beiden Händen zu zerschlagen, einen Stein, den er um und um wendet und der so hart wie sein Schädel ist.

XXIV
DER VETTER VON ROSE

»Weißt du denn die Neuigkeit nicht?« fragt Bargette, als sie bei Rose eintritt.

Denn Rose sieht aus, als ob sie von nichts wüßte! Sie wirkt nicht aufgewühlt, noch nicht einmal beunruhigt. Sie paßt auf einen Kochtopf am Kesselhaken auf und dreht sich nicht um, als sie fragt:

»Was für eine Neuigkeit?«

»Was Jacques passiert ist.«

Bei diesem Namen sieht Rose Bargette an und erkennt, daß ihre Äuglein glänzen und die Lippen unter dem Druck der Worte, die ihnen entfliehen wollen, beben.

»Setz' dich«, sagt sie zu ihr.

Sie sagt es leichthin, wie eine Frau, die einfach nur höflich ist, aber sie will sagen:

Bleib' nicht stehen, ich würde dich nicht deutlich genug verstehen; wähl' dir einen gemütlichen Platz, wo du dich wohlfühlst, um mir alles zu erzählen.

Bargette tut, als sei sie sowenig in Eile wie Rose.

Sie sind die besten Freundinnen des Dorfes. Beide sind gerade vierzig geworden.

Sie mögen sich, ohne es sich allzu oft zu sagen, besuchen einander gegenseitig und schätzen sich ebenso für ihre Fehler wie für ihre Vorzüge.

Sie sehen einander gar nicht ähnlich: Bargette ist klein, dürr, hager, unruhig und schelmisch, Rose stämmig und frisch, adrett, friedfertig, weniger geschwätzig als die andere und leichtgläubiger. Sie streiten sich selten; immer ist es Bargettes Schuld, und die Zerwürfnisse dauern nicht lang, weil Rose sich nach kurzer Zeit langweilt und keinerlei Eigenliebe sie daran hindert, als erste wiederzukommen.

Bargette, die ihrer Wirkung sicher ist, nimmt sich Zeit und schöpft Atem.

»Bist du gerannt?« fragt Rose.

»Ach, gerannt! Ich habe keine Kraft zum Gehen mehr, aber heiß ist es!«

Rose bietet ihr nichts zu trinken an. Diese Rituale haben sie aufgegeben, die am Ende eine Menge Geld kosten, wenn man sich zu oft besucht; niemand gewinnt, weil man ständig etwas zurückgeben muß. Die beiden Freundinnen nehmen nur bei anderen Erfrischungen an.

Nachdem Bargette sich erholt hat, spricht sie nicht gleich, und Rose, die sie kennt, hat die Stirn, sie nicht auszufragen. Sie hatte sich gesetzt, sie steht auf, um eine Handvoll Salz in den Kochtopf zu werfen, den sie aufmerksam beobachtet. Etwas irritiert entschließt sich Bargette, einen Umweg zu machen:

»Ist dein Mann da?« fragt sie.

»Nein«, sagt Rose, »Polyte macht Kartoffeln aus, er wird erst zum Essen zurückkommen.«

»Was kochst du für eine Suppe?«

»Eine Sauerampfersuppe.«

»Mochte Jacques Sauerampfersuppe, als er bei dir in Pension war?«

»Oh, er aß alle meine Suppen! Er aß öfter zwei als einen Teller.«

»Du hast ihn gut ernährt?«

»So gut ich konnte«, sagt Rose, »ich gestaltete die Speisenfolge abwechslungsreich, ich sparte weder an der Butter noch am Fleisch; ich ging jede Woche zum Metzger.«

»Warum ist er nicht geblieben?«

»Ich hab' es dir schon gesagt, Bargette, ich weiß es nicht.«

»Hast du vielleicht zuviel von ihm verlangt?«

»Vierzig Francs im Monat! Ich hatte überhaupt keinen Gewinn. Nach dem Tod seiner Mutter wußte er nicht, wohin gehen, ich mußte ihn doch aufnehmen, einen Jungen, einen Vetter! Ich habe ihm seinen Teller ein Mal hingestellt, zwei Mal. Das kam ihm gelegen. Er hat seine vierzig Francs angeboten. Dann, eines Abends, nach sechs Monaten, ist er nicht mehr gekommen.«

»Ohne Erklärungen?«

»Ohne sich zu bedanken.«

»Und wenn er dich sieht ...?«

»Oh, Bargette, wenn er an der Tür vorbeigeht, grüßt er nicht. Aber willst du die Wahrheit wissen, als du mir gesagt hast, Jacques sei bei den Morins in Pension, habe ich mich sehr für ihn und für uns gefreut. Polyte und ich hatten genug, und Jacques hat es bei den Morins besser als irgendwo anders. Mag er dort bleiben! ... Ich gehe in den Garten, Sauerampfer holen.«

Aber Bargette steht auf, um auf gleicher Höhe wie Rose zu sein, und sagt:

»Jacques ist nicht mehr bei den Morins.«

»Ach«, sagt Rose, die sich, schlaff vor Überraschung, setzt und Bargette dazu zwingt, sich ebenfalls hinzusetzen.

»Du bist die einzige, die nichts davon weiß oder so tut«, sagt Bargette. »Jacques und Mme. Morin haben sich miteinander vergnügt. Morin hat sie dabei überrascht, wie sie Zärtlichkeiten austauschten. Er hatte sie schon lange belauert.«

»Oh!«

»Er kriegt Jacques unter den Armen zu fassen, zerrt ihn bis zur Tür und wirft ihn nach einer Tracht Prügel auf die Straße! . . .«

»Oh . . . oh . . .!«

»Danach nimmt Morin Jacques' Werkzeuge, seinen Maurerbeutel, seine Hämmer, seine Kellen und wirft sie ihm an den Kopf; danach kriegt seine Frau tüchtig was ab.«

»Oh . . . oh . . . oh . . .!« gibt Rose mit gefalteten Händen von sich.

»So war das«, sagt Bargette, »gestern abend ist es passiert, gegen sechs Uhr.«

»Und Jacques?«

»Leute haben ihm aufgeholfen, er konnte nicht aufrecht stehen. Er hat sich ins Bett gelegt. Er ist nicht wieder erschienen.«

»Der Unglückliche!« ruft Rose aus.

»Du machst aber ein komisches Gesicht«, sagt Bargette. »Lachst du oder weinst du?«

»Na, es geschieht ihm recht«, sagt Rose mit Nachdruck. »Ach, wie mich das freut.«

»Wo wird er jetzt hingehen?« fragt Bargette. »Er hat keine große Auswahl. Vielleicht wird er hierher zurückkommen?«

»Zu mir! Na, was denn! . . .«

»Allerdings, nachdem du seine einzige Verwandte bist!«

»Hör zu, Bargette«, sagt Rose, »ich bin nicht bösartig, aber ich versichere dir, daß ich ihm einen schlechten Empfang bereiten würde. Ich schwör's beim Haupt . . .«

Derweil Rose ein Haupt sucht, glauben die beiden Freundinnen, draußen eine Stimme zu hören. Sie horchen und verstehen folgendes: »Guten Abend, Cousine!« Es ist Jacques' Stimme, er zeigt sich nicht. Man errät ihn dort, an die Mauer gepreßt, in unmittelbarer Nähe der angelehnten Tür.

»Beweg' dich nicht«, sagt Rose zu Bargette.

»Antworte nicht«, sagt Bargette.

»Sollen wir die Tür schließen?«

»Man verstünde nicht mehr, was er sagt.«

»Guten Abend, Cousine!« wiederholt Jacques.

Er hört wohl nichts als das Uhrpendel und das Summen des Kochtopfs.

»Wollt Ihr mir nicht Guten Abend sagen, Cousine? Ihr seid recht hochmütig. Werdet Ihr mir wenigstens einen Teller Suppe geben? Ich habe seit gestern nichts gegessen! ... Ich habe Hunger, Rose.«

Er schweigt nach jedem Satz. Er sagt: »Sie sind recht hochmütig« in sanftem Ton und »Ich habe Hunger« mit schleppender, bettelnder Stimme

»Bleib' standhaft«, sagt Bargette zu Rose.

»Polyte ist also nicht da«, fragt Jacques. »Er würde mir einen Teller Suppe nicht verweigern! Also, Cousine, lieben Sie mich nicht mehr?«

Da sie nicht antwortet, kommt er herein, die Hände in den Hosentaschen, die Mütze im Nacken. Er lächelt, ist frisch rasiert, gewaschen, die Schnurrbartenden sind gezwirbelt. Er setzt sich auf den Brotkasten, läßt die Beine baumeln und entdeckt Bargette am Kamin.

»Laßt euch nicht stören«, sagt er.

»Es ist ebenso mein Platz wie der deine«, antwortet Bargette.

»Ihr dachtet schon daran, mir ein Paar Krücken zu kaufen.«

»Ein Glück, daß du so bald wieder aufstehen konntest«, antwortet Bargette. »Dabei hast du dein Teil abgekriegt!«

»Die Schlauen machen einen Katzenbuckel«, sagt Jacques, »und die Schläge gehen drüber hinweg.«

»Was willst du?« fragt Rose, die blaß geworden ist.

»Ich hab' es euch gesagt, Cousine, einen Teller Suppe. Nur einen! Danach gehe ich.«

Rose geht hinaus, ohne antworten zu können, um im Garten Sauerampferblätter zu holen.

»Auch ich koche Suppe«, sagt Bargette, die mit Jacques allein geblieben ist, »und zwar gute, mit Sahne.«

»Gäbe es welche für mich?«

»Du brauchst nur mitzukommen.«

»Ich will keine«, sagt Jacques. »Eure Suppe riecht nach Verbranntem. Ihr schwätzt zuviel bei den Nachbarn. Ihr habt mich bei Morin angeschwärzt, aus Eifersucht. Ihr vertut Eure Zeit. Ihr könnt mich immer wieder anschwärzen! Es wird Euch niemals etwas nützen, niemals! Ihr seid zu häßlich.«

Bargette versucht weder zu leugnen noch in Wut zu geraten. Sie stürzt hinaus wie ein Huhn, dem man einen Stock zwischen die Beine wirft.

»Sie hat sich in meiner Gegenwart gelangweilt«, sagt Jacques, als Rose wiederkommt.

Rose wirft den Sauerampfer in einen Wassereimer, sieht Jacques an und schüttelt den Kopf, die Augen voller Tränen.

»Du hast kein Herz«, sagt sie.

»Ich hab' zuviel«, sagt Jacques, »es ist das Herz, das mich zugrunde richten wird.«

»Ständig feixt du! Ging es dir bei uns denn nicht gut?«

»Oh doch.«

»Fehlte es dir an etwas?«

»Oh nein.«

»Ich nahm sie nicht ganz, deine vierzig Francs.«
»Du sollst nicht davon sprechen«, sagt Jacques.
»Ich verlange nichts, aber mich ohne ein Wort zu verlassen!«
»Wozu soll man sich Dummheiten sagen?«
»Findest du die Morin denn besser als mich?«
»Ihr seid beide gleich schön.«
»Widert es dich nicht an! Eine Frau, die anderer Leute Wäsche wäscht!«
»Sie ist eine rechtschaffene Frau.«
»Morin sagt was anderes als du! Na, hat er dich geschlagen?«
»Das zählt nicht, und wenn ich hätte zurückschlagen wollen . . .«
»Sei still, er hätte dich umgebracht. Tolpatsch! Hier hattest du nichts zu befürchten.«
»Nein, Polyte ist nicht gefährlich.«
»Ich bin gespannt darauf, was er sagen wird.«
»Nichts«, antwortet Jacques.
»Wird er wollen, daß man dich behält?«
»Sie werden ihn nicht um Erlaubnis bitten. Geben Sie mir meine Suppe?«
»Man kann dich nicht verhungern lassen, aber nichts als die Suppe; Schluß mit dem übrigen!«
»Bloß die Suppe«, sagt Jacques.
»Küß mich zuerst«, sagt Rose, die ihr fröhliches Äußeres zurückgewonnen hat.
Jacques hält sich zurück, denn da kommt Polyte!
Beim Gedanken an die am vergangenen Tag erhaltenen Prügel empfindet er eine gewisse Besorgnis, aber Polytes Anblick beruhigt ihn. Er ist anders als Morin.
In einem Korb, der am Stiel seines Spatens hängt, sind

gerade so viele Kartoffeln, daß es nicht aussieht, als brächte er gar nichts nach Hause. Er geht langsam und mit der Gewißheit, früh genug zu kommen, nachdem er nicht zu spät vom Feld weggegangen ist.

Er lebt wie einer, dem es um nichts anderes geht, als hundert Jahre zu leben. Er trinkt nur ein Glas Schnaps am Morgen und läßt keinen Tropfen im Glas übrig: er würde glauben, einen Tropfen seines eigenen Lebens zu verlieren. Er raucht drei Pfeifen täglich und nicht vier. Er verfügt nur über eine Stimmlage, um über die traurigen Dinge und über die lustigen Dinge zu sprechen, und er spricht so wenig wie möglich. Nie rennt er Neuigkeiten hinterher, er hat nie welche zu erzählen. Bei Jacques' Anblick sagt er: »Du bist es, Jacques!«, und denkt nicht länger darüber nach.

XXV
DAS SCHIFF

Auf diesem Schiff, das man gemächlich am Ufer des Kanals entlanggleiten sieht, sind ein Mann, seine Frau und ihr taubstummer Sohn. Der Vater trinkt und führt sich schlecht auf. Der Sohn ist nicht dumm. Man behauptet, er könne schreiben. Aber er verabscheut seinen Vater. Er stampft mit den Füßen auf, murrt, gluckst, schreit und schnappt jedesmal nach Luft, wenn der Vater ein falsches Manöver macht. Er würde ihn in den Kanal werfen, wenn seine Mutter, vor der er sich fürchtet, ihn nicht zurückhielte. Geschickt trennt sie die beiden. Sie bringt den Sohn in den hinteren Teil des Schiffes zum Ruder, und der Vater bleibt am anderen Ende beim Esel, der das Schiff zieht. Sie kümmert sich in der Mitte um den Haushalt, macht die Wäsche, paßt auf die Suppe auf. Der Vater kann, ohne ihn anzusehen, seinen Sohn nach Herzenslust verwünschen und ihn einen Hurensohn nennen.

Sie allein hört es, und nichts kann ihr etwas anhaben, wenn die beiden Männer einander nur nicht schlagen.

XXVI
BARNAVE

Jeder meiner Besuche bringt mich in den Genuß einer seiner Erinnerungen. Er erzählt sie mir in heiterer Stimmung, obwohl er schwerkrank ist, ohne sich je sonderlich zu beklagen, und vorsorglich macht er sich über sich selber lustig. Er hat eine Geistesart, die ihm eigen ist wie ein Geruch.

»Ja, ich kenne es, euer Paris«, sagt er zu mir, »ich habe einen Monat lang dort gelebt. Die Bürgerin (seine Frau) hatte für mich eine Stelle als Kammerdiener bei den Herrschaften gefunden, wo sie Amme war.«

»Und Sie sind hingegangen, Barnave, ein Dorfarbeiter, ein richtiger Bauer?«

»Ich hatte Sehnsucht nach meiner Frau«, sagt Barnave, »und hier verdient man so wenig. Sie boten mir siebzig Francs im Monat an. Ich zahlte meinen Wein. Ich mußte ohne Schnurrbart kommen. Wenn ich an meinem Schnurrbart festhielt, brauchte ich mich erst gar nicht auf den Weg zu machen. Bevor ich wegging, habe ich ihn abgeschnitten.

In jenem Jahr wurden in Paris Bomben geworfen. Unsere Herrschaft hatte Angst. Abends schloß ich alle Türen ab, vom Keller bis zum Dachboden. Danach prüfte der Alte alles nach; ich ging ihm mit einer Kerze voraus.

Ich verrichtete meinen Dienst so gut ich konnte, aber ich war vor allem angehalten, die Parkettböden zu wienern: ich rutschte auf allen Vieren wie ein Bassett herum, und der Alte überwachte mich. Er saß in einem Sessel und deutete mit der Spitze seines Stocks auf einen Parkettriemen, der nicht so glänzte wie die anderen. Ich erklärte ihm, daß nicht alle Riemen dieselbe Farbe hätten. Beim Holz kenne ich mich aus, ich kann Splintholz von Eiche unterscheiden. Aber der Alte deutete, ohne mir zu antworten, weiterhin mit der Spitze seines Stocks auf dieselbe Stelle des Parketts, und ich ging wieder drüber.

Oft richtete ich die Stühle um ihren Eßzimmertisch schlecht aus, einen winzigen Tisch, an dem sie steif und eng nebeneinander saßen. Sie hatten nicht einmal genügend Platz, um ihre Ellbogen aufzustützen. Der Alte rief mich:

›Jean!‹.«

»Jean?«

»Ja, sie kannten nur diesen Vornamen, Jean!

›Warum steht mein Stuhl nicht Madames Stuhl gegenüber?‹

Ich mußte die Stühle hin und her rücken und genau zielen, als ob der Alte das nicht selber hätte machen können.

Um vier Uhr vesperten die Kleinen im selben Eßzimmer; sie ließen Krümel auf den Boden fallen, und ich bohnerte unter Aufsicht des Alten wieder das Holz, das ich morgens so gut poliert hatte.

Die Alte war umgänglicher als der Alte; mit ihr hätte ich mich verstehen können, hätte sie nicht die Manie gehabt, nach Staub zu suchen.

›Jean‹, sagte sie . . .

Die Alte nannte mich Jean wie der Alte, aber aus einem andern Grund, weil ich Louis heiße und weil schon der Säugling Louis hieß; man hätte sich nicht mehr ausgekannt. Sie konnten mich nennen, wie sie wollten, ich kam nicht in Verlegenheit, zu antworten.

›Jean‹, sagte sie, ›was ist das für ein Fleck?‹

›Ein Fehler in der Lampe, Madame, ein eingearbeiteter Fehler.‹

›Ich würde sagen, er steht vor‹, sagte die Alte.

Mit ihrem spitzen Nagel folgte sie der Rille und entfernte den Staub.

Im Grunde war die Alte nicht schlecht, aber es gab zuviele Lampen; und nichts als Öllampen, keine einzige Petroleumlampe! Unentwegt war ich dabei, sie instandzuhalten.

Nach einem Monat bin ich weggegangen. Ich hatte meine Frau nach Herzenslust gesehen und meine siebzig Francs verdient.

Als ich ins Dorf zurückkam, wandte ich voller Scham den Kopf ab, weil ich rasiert war.

Zuerst erkannte mich der Schreiner nicht.

Dann hat er mich wiedererkannt, und wir haben zusammen ein Glas getrunken.«

Barnave möchte irgend etwas lesen, um sich die Langeweile zu vertreiben. Da er nie etwas gelesen hat, kann man für ihn auswählen. Mme. Lepic, die sich etwas darauf zugute hält, in allem die erste, gefälligste und schnellste zu sein, bringt ein dickes Buch und sagt:

»Hier, Barnave, lesen Sie diesen schönen Band! Als ich ihn las, hat er mir recht viel Vergnügen bereitet.«

Das schöne Buch mit dem roten, verblaßten Einband liegt dort am Fuß des Bettes, auf einem Stuhl.

»Ich habe versucht, es zu lesen«, sagt Barnave zu mir, »ich hatte sofort ein Bild gesehen, eine Art Affenkopf, der mich auf den Geschmack brachte. Ich glaubte, man würde mir eine Geschichte aus Amerika erzählen. Auf Seite zwanzig habe ich aufgehört. Ich finde das nicht unterhaltsam. Mme. Lepic ist gescheiter als ich.«

Ich sehe mir das Buch an, eine einstige Mathematikauszeichnung, dem Schüler Félix zuerkannt, die während Jahren in einer Kiste auf dem Dachboden schlummerte. Es sind *Goethes wissenschaftliche Werke*.

»Und Madame Lepic sagt, sie hätte es gelesen?«

»Ja.«

»Und Sie waren so mutig, zwanzig Seiten zu lesen?«

»Zwanzig oder dreißig.«

»Armer Barnave.«

Er traut sich kaum zuzugeben, wie sehr er sich gelangweilt hatte, aber mein Gesichtsausdruck ermuntert ihn.

»Ich hab' kein Wort verstanden«, sagt er, herzlich lachend, beruhigt, weil ich das Buch auf den Stuhl zurückwerfe und die Arme zur Decke hebe.

Im Schloß hat er ein Buch gesehen, das bereits mehrere Regale füllt und nie aufhört; man errät, daß es die *Revue des Deux Mondes* ist.

Unter all den Fotografien, die an der Wand hängen, finde ich das Porträt seines im vergangenen Jahr verstorbenen Schwagers Eusèbe nicht.

»Doch, doch, es hängt da«, sagt Barnave, »ich hab' es vor das Ofenrohrloch gehängt.«

»Ich sehe einen Rahmen«, sage ich, »aber kein Porträt.«

»Der Rauch hat das Glas geschwärzt.«

»Ich versichere Ihnen, daß das Porträt nicht mehr da ist.«

»Der Herr hat recht, Papa«, sagt seine Tochter Louise, »meine Großmutter hat es aus dem Rahmen genommen.«

»Die Alte! Warum?«

»Weil du dich zu oft mit meinem Onkel Eusèbe gestritten hattest. Meine Großmutter glaubte, du hättest das Porträt absichtlich hierhin gehängt, aus Rache, um ihn einzuräuchern. Sie hat es weggenommen und versteckt es.«

»Ich hätte es nie bemerkt«, sagt Barnave. »Es ist mir egal, die Alte kann mir das Porträt ihres Eusèbe klauen, der Rahmen genügt mir, und mein Ofenrohr bleibt trotzdem zugestopft.«

Seitdem er krank ist, hat er bereits mindestens hundert Tabletten genommen.

»Ach«, sagt er, »ich habe öfter kommuniziert, als nötig, und ich weiß nicht mal, was in meinen Pastillen drin war.«

Er hat einen Spezialisten in Paris aufgesucht.

»Es wird Sie vierzig Francs kosten«, sagte ihm der Apotheker, »aber Sie werden wissen, woran Sie sind.«

Vierzig Francs, dazu die Reise.

Sein Kittel ist von einem Platzregen durchnäßt, als er beim Spezialisten ankommt (der Kammerdiener warf ihm einen Blick zu!), einem alten Mann mit langem Bart und einer Auszeichung.

»Ritter der Ehrenlegion?«

»Oh, mehr ...! Er empfängt mich sogleich. Nun ja! Sie können sich denken, bei einer Konsultation zu vierzig Francs hat er sich Zeit genommen.«

Der Spezialist fragt ihn aus, preßt sein Ohr auf seinen Bauch, seinen Rücken, befingert ihn überall, sagt, ihm fehle nichts Ernstliches und fügt hinzu:

»Sie haben zuviel gearbeitet und sich zuwenig um sich selbst gekümmert!«

Barnave ist so zufrieden, daß er seiner Louise eine Uhr in einem Laden kauft, in dem man ihn länger als eine Viertelstunde warten läßt.

»Verlor'nes Geld kost' nicht das Leben«, sagt er.

Dieses Mal spricht er im vollen Ernst, und er kommt mit der Sicherheit zurück, zu genesen, aber kaum ist er daheim, legt er sich wieder zwischen seine Laken.

Wird er es nicht überstehen?

Er empfängt uns auf dem Bett sitzend, dünn wie eine Ziege. Er hat eine Baumwollmütze auf und sieht aus, als sei er plötzlich kleiner und älter geworden.

»Ich nippe ein wenig an der Milch«, sagt er.

Gloriette, die sogleich in ihrem Element ist, fragt, erklärt und tadelt.

»Wo ist Ihr Rezept, das aus Paris?«

»Auf dem Kamin. Louise, reich' Madame das Blatt Papier.«

»Haben Sie es gelesen?«

»Oh, ich könnte es auswendig aufsagen.«

»Weiß der Doktor, daß Sie einen Spezialisten in Paris aufgesucht haben?«

»Nein.«

»Sie hätten es ihm mitteilen sollen.«

»Der Apotheker, der mir die Pariser Adresse gegeben hat, sagt, es sei überflüssig.«

»Der Doktor wird es durch einen andern erfahren.«

»Sei's drum, ich will ihn nicht selber verärgern.«

»Was hat Ihnen der Doktor verschrieben?«

»Magenspülungen.«

»Und der Arzt in Paris?«

»Er schreibt auf sein Papier: keine Spülungen!«

»Und er schreibt Pillen auf. Haben Sie Ihre Pillen genommen?«

»Ja.«

»Regelmäßig?«

»Ich habe anderthalb genommen.«

»Warum?«

»Die erste hat nicht gewirkt.«

»Sie müssen Geduld haben«, sagt Gloriette.

»Ich will schnell gesund werden«, antwortet Barnave, »die Hälfte der zweiten hat mich die ganze Nacht krank gemacht. Ich lasse die Pillen sein.«

»Und die neuen Tabletten?«

»Sie sind hier in der Schachtel. Her damit, Louise! Sie können nachzählen, es fehlt keine einzige.«

»Sie müssen sie nehmen.«

»Oh, ich werd' sie nehmen. Ich will gern alles schlucken, wenn ich nur gesund werde.«

»Es ist nicht wahr«, sagt Louise, »er weigert sich, sein Soda zu trinken.«

»Ich? Das werden wir ja sehen. Bring mir mein Soda!«

»Es ist nicht der richtige Augenblick«, sagt Gloriette. »Armer Barnave, Sie pflegen sich schlecht.«

»Ich tue alles, was man mir sagt.«

»Lassen Sie hören, was haben Sie heute versucht?«

»Spülungen.«

»Aber der Spezialist verbietet sie Ihnen!«

»Manchmal ist es erfolgreich.«

»Und wie steht es mit den Rücken- und Brustabreibungen, die mit einem feuchten Tuch und einem Roßhaarhandschuh ausgeführt werden sollen?«

»Bei uns gibt es keine Handschuhe.«

»Ein Handtuch genügt; tränken Sie es mit Alkohol und reiben Sie sanft.«

»Man muß es sehen können, hat der Spezialist gesagt.«

»Sanft und langsam. Es wird schon rot werden. Ihre Nachbarn können Ihnen diesen Dienst erweisen.«

»Ach, die Nachbarn, mit Verlaub, ich hörte sie gestern sagen: diesmal kratzt er ab, unser Nachbar.«

»Dann eben Ihre Tochter. So soll Louise reiben, sehen Sie, kreisförmig. Was ist in dieser Flasche?«

»Fleischpulver. M. Perrot sagte mir, ich solle welches kaufen.«

»Wer?«

»Der Architekt; er hatte dieselbe Krankheit wie ich. Sechs Francs die Flasche mit nur ein paar Löffeln drin! Davon werde ich wohl kaum Fett ansetzen.«

»Es ist Fleischextrakt, um sich zu ernähren, nicht um Fett anzusetzen.«

»Ich finde das Pulver nicht schlecht, aber es nimmt einem den Appetit.«

»Um wieviel Uhr nehmen Sie es?«

»Vor dem Mittagessen.«

»Sie müssen es wie ein kleines Gericht zwischen den Mahlzeiten zu sich nehmen. Lassen Sie Ihr Fleisch braten?«

»Ja, Madame, in der Pfanne.«

»Nein, auf dem Rost, und die Butter darf kaum geschmolzen sein.«

»Oh, sie kommt nicht dazu, schwarz zu werden.«

»Sie darf nicht einmal kochen! Rohe Butter ist gesund, gebratene Butter ist nichts wert.«

»Ach, das haben Sie auch in Ihren Büchern gelesen; merkwürdig.«

»Es ist so ... Welche Art von Fleisch?«

»Meine Louise geht zur Metzgerei; was man ihr gibt, bringt sie nach Hause.«

Alle seine Freunde erteilen ihm Ratschläge. Der eine sagt

ihm, er solle ein großes Speckviertel kochen und den Saft trinken. Nichts ist besser für den Magen.

Dieser gutherzige Freund schlägt mit der Faust auf den Tisch und schreit:

»Ich werd' nicht von hier weggehen, bevor du mir nicht versprochen hast, meinen Specksaft zu trinken.«

»Ich verspreche es dir«, sagt Barnave.

»Schwör's!«

»Ich schwöre es!« sagt Barnave gerührt und erschöpft.

»Sie wollen nicht, daß ich Wein trinke.«

»Der Wein täte Ihnen nicht gut«, sagt Gloriette.

»Guter Wein?«

»Es gibt keinen guten Wein mehr.«

»Ich werde nie mehr zu Kräften kommen, wenn ich nie Wein trinke.«

»Heutzutage trinkt man nur noch Wasser, Barnave, selbst die reichen Leute; es ist Mode und bedeutet Gesundheit.«

»Wenn ich reich wäre und wenn es mir gut ginge«, sagt Barnave, »brächte ich es nicht übers Herz, auf den Wein zu verzichten.«

Was ihm am schwersten fällt, ist, daß er keinen Salat essen kann. Wenn Louise täglich ihren Salat ißt, als ob sie es mit Absicht täte, sieht er sie mit Diebesaugen an, und der Heißhunger packt ihn.

»Das Leben ist kurz, Barnave.«

»Finden Sie? Ich finde es recht lange. Auf fünfundvierzig Jahre kamen vierzig elende.«

»Mit guten Momenten.«

»Zwischendurch muß man doch lachen, selbst wenn man leidet, selbst wenn man dazu entschlossen ist, nicht zu lange zu leiden.«

»Sagen Sie das nicht!«

»Ich sag's.«

Sobald er glaubt, es gehe ihm besser, spricht er davon, frühmorgens aufzustehen.

Nach einem Schweigen ist seine Stimme verändert; seine Augenwinkel sind feucht. Seine Tränen sind auf die große Schlummerrolle geflossen. Er sah sich bereits tot und weinte um sich.

Er bewohnt ein kleines Haus, das er für zweitausend Francs von meinem Vater kaufte. Eines Tages sagte Barnave zu ihm:

»Sie haben in Ihrem Haus etwas vergessen, ein Gewehr.«

»Ach!«

»Ein Gewehr, Sie wissen doch, das altmodische, doppelläufige Kolbengewehr, das einem Jäger wie Ihnen nichts mehr nützen würde.

›Glaubst du?‹

›Soll ich es Ihnen bringen?‹

Ihr Vater sah sehr wohl, daß ich es auf dieses Gewehr abgesehen hatte, daß ich es nicht kaufen konnte und ihn nicht zu fragen getraute; er sagte zu mir:

›Stört dich dieses Gewehr?‹

›Oh, nein.‹

›Wenn es dich stören sollte, bringst du es mir zurück. In der Zwischenzeit läßt du es dort, wo es ist.‹

Das war die Art Ihres Vaters, etwas zu verschenken. Ich habe das Gewehr behalten.«

»Sie reinigen es nicht oft«, sage ich zu Barnave.

»Ich habe es nur einmal angerührt«, sagt Barnave, »ich werde es nie mehr anrühren! Ihr Vater hatte es nicht entladen. Eines Morgens nehme ich es, ich will schießen, es geht nicht los. Ich wechsle das Zündhütchen aus. Es geht noch immer nicht los. Also bringe ich eine Nadel über einer Kerze zum Glühen und versuche, den Lauf zu reinigen. Ich saß da, wo Sie sitzen, das Gewehr auf meinen Knien, den Lauf waagerecht.

Die rotglühende Nadel entzündet das Pulver, und die ganze Ladung knallt gegen die Wand, unter die Wiege meiner kleinen Louise, die darin schlief. Sie schrie, und ich habe sofort gesehen, daß sie mit dem bloßen Schrecken davongekommen war, aber ich bin lange da stehengeblieben, wo Sie jetzt stehen, ohne mich bewegen zu können.«

Er kann nur noch Trüffelbrei essen. Trüffeln nennt man in Barnaves Heimat die Kartoffeln. Wenn er nachts zwei Stunden geschlafen hat, könnte er morgens tanzen; dann glaubt er, zu krepieren, wenn er ein Ei nicht herunterwürgen kann.

Sein Nachbar Mougne sagt:

»Er wird vor mir krepieren! Geschieht ihm recht. Ah, er glaubte, ich würde vor ihm krepieren. Das wird ihn lehren, jemandem den Tod zu wünschen.«

Jemand sagt:

»Er ist verloren. Arme Louise, siehst du es denn nicht?«

Jener andere:

»Man läutet die Totenglocke! Lauf schnell, Louise, dein Vater ist wohl gestorben!«

Eine Nachbarin ist besorgt:

»Er schuldet uns siebenundzwanzig Francs! Na, sie werden uns nicht verlorengehen. Er wird nicht sterben, ohne zu bezahlen. Dieser Mann hält auf Ordnung! Ich nehme an, er ist nicht so dumm zu vergessen, seine Angelegenheiten schriftlich zu regeln.«

Sie wiederholt es so lange, bis Louise, die es hört, über die Hofmauer hinüberruft: »Keine Angst, ich werde Ihnen die siebenundzwanzig Francs schon zurückzahlen!«

Alle sind sich einig und sagen, daß er sehr schlecht aussieht.

Er verträgt nur noch einen Löffel Johannisbeersirup in einem Glas frischem Brunnenwasser.

»Barnave, man hat soeben dem Scheidungsgesetz zugestimmt!«

»Wird auch Zeit«, sagt er.

Ich weiß bald wirklich nicht mehr, was ich ihm sagen soll!

»Barnave! Man nimmt die Arbeiterrenten in Angriff.«

»Na, um so besser ... ich werde sie nicht zu sehen bekommen.«

»Doch, doch. Martini werden wir sie feiern.«

»Martini liege ich im Sarg.«

Der Tod ersetzt ihm bereits seine durchsichtigen Ohren durch falsche Ohren aus weichem Karton.

»Philippe«, sagt Barnave, »werden Sie mir bei der Hochzeit Ihrer Tochter ein Stück Lammkeule aufheben?«

»Ja, mein Freund, aber ich dachte, Sie mögen das nicht.«

»Nein . . . nur so eine Idee, eine dumme Idee.«

Philippe, der gerade zugesehen hat, wie er sein Hemd wechselte, sagt von seinem Rückgrat, da es so hervorsteht:

»Es ist, als ob er sich mit dem Rücken an einen Stock lehnte.«

»Ich will nicht«, sagt Barnave, »daß man mich auf dem Friedhof neben die Mougne legt. Wir würden uns bloß schlagen.«

Die Großmutter schickt ihm den Pfarrer.

»Gehen Sie doch, fürchten Sie nichts, er ist höflich.«

Beim ersten Mal fragt ihn der Pfarrer lediglich nach seinem Befinden. Beim zweiten Mal fügt er hinzu:

»Barnave, Sie haben gewiß den Wunsch, mir etwas zu sagen? Es scheint Ihnen heute nicht besser zu gehen.«

Barnave, der nur noch haucht, müht sich, sich aufzurichten und antwortet mit festerer Stimme, die man nicht mehr von ihm gewohnt war:

»Es geht sehr gut.«

Er öffnet die Augen nicht mehr und drückt einem kaum die Hand.

Die Großmutter sagt mit lauter Stimme:

»Wird er uns denn so verlassen? Der Körper stirbt, aber die Seele lebt immer noch!«

»Lassen Sie ihn«, antwortet Gloriette ganz leise, »er hört es vielleicht.«

»Wird er morgen beerdigt?«

»Ja, um drei Uhr«, antwortet Philippe. »Man kann nicht ewig Wache halten.«

XXVII
HERBSTBLÄTTER

Was für eine Überraschung heute abend! Das natürliche Licht fehlt. Es gibt keine Möglichkeit mehr, den Tag wie gestern zu beschließen. Ich brauche eine Lampe.

Die erste Flamme wird im Herd entzündet. Die Feuergeister werden wiedergeboren. Die melancholische Hölle der Scheite öffnet ihr Tor und spiegelt sich auf den Stirnen der alten, wissenden Frauen wider.

Jeder Mensch sollte das Holz sägen, mit dem er sich wärmt.

Es ist Reif gefallen; die Dahlien sind zerknittert wie nach einer Ballnacht. Die Tomaten platzen auf, und aus ihren Schründen läuft der Saft; das Kraut der Kartoffeln sieht aus wie gekocht; aber der gutgeharkte Sauerampfer widersteht gemeinsam mit dem feinen, gekräuselten Bart der Karotten und den langen, weichen Ohren der Rüben.

Der Wind beruhigt sich, um die Richtung zu ändern; er zögert und sucht sich seinen Weg.

Da und dort eine Himbeere, ein paar rote und schwarze Johannisbeeren, die die trägen Wespen vergessen werden.

An den Weinspalieren bereitet sich das Sackhüpfen der Trauben vor.

Die Bäume bilden nunmehr keine verschwommene grüne Masse mehr. Jeder Baum nimmt seine persönliche Färbung an und bereitet sich nach seiner Art auf den Winter vor. Dieser hier wird von der Spitze her gelb, und jener dort läßt seine Blätter alle auf einmal verwelken.

Ich bin mir oftmals sicher, daß die Sonne dort untergeht, mitten im Wald, bei einem armen Indianerstamm, der sie erwartet. Die Indianer sind alt, abgesondert, unbekannt. Sie wissen, bei welcher Lichtung die Sonne jeden Abend stillsteht. Sie versammeln sich im Kreis um sie herum und wärmen, was ihrer aussterbenden Rasse an Leben übrig bleibt.

Die Abenddämmerung wird durch eine Dämmerung fuchsroter Blätter verlängert. Die brennenden Wipfel dieser Pappeln werden nachts wohl nicht erlöschen.

Nach einem Reif fallen die ersten Blätter; ein feiner Nieselregen beschleunigt ihren Fall.

Man spürt keinen einzigen Windzug. Weshalb fallen die Blätter des Kastanienbaums so, einzeln, gleichmäßig? Ist es der Wille des stummen Baums, daß sie sich lösen? Legt er Rechenschaft über die Blätter ab, die er zurückzugeben hat? Schaut ihn euch genau an und ratet, welches herunterfallen wird. Es ist immer ein anderes Blatt, das fällt.

Damit dieses fällt, muß man es am Ohr ziehen.

Die Pappel, die mit hängendem Kopf im Kanal drin steht, zieht an ihre Zweige die Blätter jener Pappel an, die mit erhobenem Kopf am Ufer des Kanals steht.

Die Blätter fallen in den Fluß, gleiten mit der Strömung des Wassers dahin und entfernen sich. Auch sie wandern aus.

Zittert diese Birke vor Kälte? Träumt sie?

Alle Zweige dieses Baums schlafen. Nur in der Krone, dort oben, rührt sich noch ein neuer Zweig und will nicht schlafen.

Ein Apfelbaum, der am Einschlafen war, zuckt von einem Schnitt in seiner Rinde zusammen.

Es ist Philippe, der, ohne sich etwas dabei zu denken, seine Hippe bis morgen daran aufhängt.

Ein Blatt kam durchs offene Fenster zu mir herein: ich habe es genommen und wieder losgelassen.

Man vernimmt das Geräusch eines Blatts am Boden: es versucht, wie ein armer Vogel zu fliegen, der nur einen Flügel und nur ein Bein hätte.

Dieses hier flieht wie ein Ratte, die ihr Loch sucht.

Plötzlich herrscht ein Durcheinander; Truppen von Blättern flüchten, zum Narren gehalten, als wäre der Winter da, am Waldrand.

Diese Esche ist bereits ganz nackt, wie eine Gabel.

Eine Ruhepause: die letzten Blätter klammern sich fest; wie am Bett eines Kranken, dessen Sterben lange dauern wird, man ist zu schnell verzweifelt. Man bleibt traurig, denkt jedoch ein bißchen an etwas anderes und wartet.

Wird alles ausgelöscht werden?

Für die Geheimnisse ihrer Metamorphose umhüllt sich die Natur mit einem dichten Nebel, in welchem die Raben schwimmen und um Hilfe rufen.

Es ist Nacht, als über meinem Kopf ein Schwarm Kraniche vorüberzieht, die ich an ihrem Schreien erkenne.

Ich kann sie nicht unterscheiden, aber ich höre ihre Flügel schlagen und sehe nur die Sterne. Eine Sternschnuppe hinterläßt eine Spur am Himmel, und es scheint mir, daß ihre stille Flugbahn den Kranichschwarm durchstößt, die Wiederversammlungsschreie sich verdoppeln und man während der gesamten Reise mit Sternen auf die Vögel schießt, ohne Rauch und ohne Lärm.

Ein Herbstveilchen ist bescheidener als ein anderes; man muß sämtliche Wege des Gartens entlanggehen, sich bükken, sich einen Hexenschuß zuziehen, bevor man ein Veilchensträußchen für einen Sou beisammen hat.

Welcher Egoist würde eine Herbsthimbeere selber essen? Man darf sie nur für den reinen Mund eines geliebten kleinen Mädchens pflücken.

Eine letzte Rose entkleidet sich und stirbt.

Eine vergessene Birne läßt los und fällt auf den Hintern.

Eine alte Frau bringt der Gnädigen, Madame Gloriette,

einen vollen Korb mit kleinen frischen Nüssen in kleinen Holzschädeln, die man mit Vergnügen im Kreis der Familie knackt und schält.

Der gelichtete Busch offenbart die Wege der miteinander befreundeten Tiere. Hier kamen die Hasen vorbei, und dort die roten Rebhühner. Eine Drossel fliegt auf und stößt aus dem halbgeschlossenen Schnabel einen Schrei aus.

Jede Hecke stellt die zarten Gerippe ihrer Nester zur Schau. Es ist leicht zu erkennen, welche Hecke einer Wiese die Vögel bevorzugt haben. In dem undurchdringlichen Blattwerk waren sie geschützt vor den Blicken und vor dem Wind, sie hat ihnen eine überreiche Ernte verschiedener Körner aufgetischt, fleischige Früchte, Brombeeren, Stechpalmenbeeren und Hagebutten, denen die Röte ins Gesicht geschossen war.

Nester zu vermieten.

Über den armen Leuten, die den Winter über zurückkehren, schließt das niedrige Haus sein Dach wie zwei Flügel.

Das wirkliche innere Leben beginnt. Das jähe Frösteln ohne erkennbaren Grund, das die Bäume einander in einer kurzen, heftigen Bewegung weitergeben, geht ans Herz des unversehens ernsten Menschen und verstört ihn nachhaltig.

Der Lohn der Arbeit ist der Blick auf die Natur. Das Auge des Trägen sieht nichts.

Mein letzter Spaziergang war ein Akt der Dankbarkeit. Ich

bedankte mich bei den Bäumen, den Straßen, den Feldern, dem Kanal und dem Fluß, den Dachziegeln des Hauses.

Hier lebe ich, wie ich immer leben möchte.

Und mehr als die Hälfte von mir bleibt hier, wenn ich unsere scheuen Brüder verlasse, um mit Gloriette nach Paris zu fahren.

Verlagsgemeinschaft Ernst Klett Verlag
J. G. Cotta'sche Buchhandlung
Originaltitel: „Nos frères farouches, Ragotte“ (1907)

Printed in Germany
Satz: Steffen Hahn, Kornwestheim
Druck: Wilhelm Röck, Weinsberg
Einband: G. Lachenmeier, Reutlingen

CIP-Titelaufnahme der Deutschen Bibliothek
Renard, Jules:
Die Magd Ragotte / Jules Renard.
Aus dem Franz. übers. von Alain Claude Sulzer. –
Stuttgart: Klett-Cotta, 1991.
(Cotta's Bibliothek der Moderne; 96)
Einheitssacht.: Nos frères farouches, Ragotte <dt.>
ISBN 3-608-95342-6
NE: GT

Cotta's Bibliothek der Moderne

1 Ernst Jünger: Der Arbeiter

2 G. K. Chesterton: Der Mann, der Donnerstag war

3 Jean Améry: Lefeu oder Der Abbruch

4 Pierre Jean Jouve: Die leere Welt

5 Doris Lessing: Eldorado

6 E. E. Cummings: Der ungeheure Raum

7 Wilhelm Lehmann: Bukolisches Tagebuch aus den Jahren 1927–1932

8 Gottfried Benn: Frühe Lyrik und Dramen

9 Louis-René des Forêts: Der Schwätzer

10 James Agee: Die Morgenwache

11 Georg Britting: Lebenslauf eines dicken Mannes, der Hamlet hieß

12 F. T. Marinetti: Die futuristische Küche

13 Eudora Welty: Ein Wohltätigkeitsbesuch

14 Louise de Vilmorin: Madame de …

15 Ernst Jünger: Maxima – Minima. Adnoten zum »Arbeiter«

16 Ilja Ehrenburg: Das Leben der Autos

17 Doris Lessing: Die Versuchung des Jack Orkney

18 Erwin Chargaff: Kritik der Zukunft

19 K. A. Porter: Der gesprungene Spiegel

20 Stefan George: Gedichte

21 Jean Améry: Hand an sich legen Diskurs über den Freitod

22 Kenneth Patchen: Erinnerungen eines schüchternen Pornographen

23 Gottfried Benn: Doppelleben

24 Marcel Jouhandeau: Das Leben und Sterben eines Hahns

25 Albert Cohen: Das Buch meiner Mutter

26 Louise de Vilmorin: Belles Amours

27 Karel Čapek: Hordubal

28 Georges Perec: Die Dinge

Cotta's Bibliothek der Moderne

29 Doris Lessing:
Winter im Juli

30 J. R. R. Tolkien:
Gute Drachen sind rar

31 Mark Helprin:
Ellis Island

32 Eugen Skasa-Weiß:
Von hinten besehen

33 Ernst Jünger:
Aus der Goldenen Muschel

34 Oskar Panizza:
Eine Mondgeschichte

35 Helmut Heißenbüttel:
Franz-Ottokar
Mürbekapsels
Glück und ein Ende

36 Jean Améry:
Unmeisterliche Wanderjahre

37 Ramón del Valle-Inclán:
Wintersonate

38 C. F. Ramuz:
Die Herrschaft des Bösen

39 Donald Barthelme:
Der Kopfsprung

0 Doris Lessing:
Spiel mit einem Tiger

Friedrich Georg Jünger:
Dalmatinische Nacht

Felix Salten:
Der Hund von Florenz

Gottfried Benn:
Gesammelte Prosa

44 Jean Cocteau:
Kinder der Nacht

45 Elizabeth Bowen:
Die ferne Stadt Kôr

46 Richard Schaukal:
Leben und Meinungen
des Herrn Andreas von
Balthesser

47 Gottfried Benn/Max Rychner:
Briefwechsel 1930–1956

48 Mario Soldati:
Die grüne Jacke

49 Charles-Louis Philippe:
Bübü von Montparnasse

50 Rudolf Borchardt:
Italienische Städte
und Landschaften

51 Alexander Grin:
Das Purpursegel

52 Ernst Jünger:
Der Waldgang

53 Gilbert Keith Chesterton:
Das Gold in der Gosse

54 Jean Cocteau:
Brief an die Amerikaner

55 Vilém Hejl:
Die gesammelten Verbrechen
des Vladimir Hudec

56 Hjalmar Söderberg:
Martin Bircks Jugend

57 Louis Levy:
Die Menschenzwiebel Kzradock
und der frühlingsfrische
Methusalem

COTTA'S BIBLIOTHEK DER MODERNE

58 Gottfried Benn:
Fragmente – Destillationen–
Aprèslude

59 Stefan George:
Das Jahr der Seele

60 Gustav Sack:
Ein verbummelter Student

61 Gerhard Nebel:
Phäakische Inseln

62 Jean Améry:
Über das Altern

63 Friedrich Georg Jünger:
Rhythmus und Sprache
im deutschen Gedicht

64 Walter F. Otto: Epikur

65 Wilhelm Lehmann:
Der stumme Laufjunge

66 Rudolf Borchardt:
Gespräch über Formen
und Platons Lysis Deutsch

67 Ernst Jünger:
Das abenteuerliche Herz
(erste Fassung)

68 Egon Erwin Kisch:
Der Fall des General-
stabschefs Redl

69 Joseph Delteil:
An den Ufern des Amur

70 Alexander Grin:
Die funkelnde Welt

71 Jules Supervielle:
Der Kinderdieb

72 Gottfried Benn:
Der Ptolemäer

73 Sacha Guitry:
Memoiren
eines Falschspielers

74 Robert Graves:
Rostbraun, gezähnt

75 Arno Schmidt:
Seelandschaft mit
Pocahontas

76 Dino Buzzati:
Panik in der Scala

77 Erwin Chargaff:
Abscheu vor
der Weltgeschichte

78 Peter Rosei:
Entwurf für eine Welt
ohne Menschen

79 Charles-Louis Philippe:
Das Bein der Tiennette

80 Arnolt Bronnen:
Septembernovelle

81 Nathalie Sarraute:
Tropismen

82 Rudolf Borchardt:
Der Hausbesuch

83 Peter Rosei:
Entwurf zu einer Reise
ohne Ziel

84 Gottfried Benn:
Trunkene Flut

85 Ernst Jünger: Rivarol

86 Konrad Bayer:
Der Kopf des Vitus Ber

87 Keith Waterhouse:
Billy der Lügner